上等兵

潘壘——著

總序

無擾為靜，單純最美

宋政坤

記得三十年前大二那年暑假，我一個人待在陽明山，窩在學校附近的宿舍裡——避暑、看書、打球，日子過得好不愜意。那時候我瘋狂的迷上讀小說，其中最喜歡且印象最深刻的就是潘壘寫的《魔鬼樹——孽子三部曲》、《靜靜的紅河》（以上皆聯經出版）。那年暑假我糾結在潘壘筆下小說人物的內心世界裡，山與海彷彿都充滿著熱與火，劇情結構好像電影，有鏡頭、有風景，愛恨糾纏，直叫人熱血澎湃。那是我年輕時代裡最美好的一個暑假，此後就再也沒有過。總覺得那年暑假帶走我少年時最後一個夏季！那段山上讀書無憂無慮的日子，在我記憶裡總是如此深刻。

之後幾年，我一直很納悶，像潘壘這樣一位優秀的小說家，怎麼會突然就銷聲匿跡似的，再也不見蹤影？難道他已經江郎才盡？或者他早已「棄文從影」？又或者是重返故鄉，至此消逝於天涯？我抱持這樣的疑惑，直到真正遇見他本人。

那是十年前（二〇〇四年）某天下午，《野風雜誌》創辦人師範先生，很意外地帶著一位看起來精神矍鑠的長輩造訪秀威公司。當他們突然出現在辦公室時，我一時還真有點手無足措，當時我正和幾位同仁開會，小小的辦公室擠不下更多的人，開會的同仁們見狀一哄而散。我一得知坐在師範身旁的就是作家潘壘時，當下真是驚訝到說不出話來，不是矯情，真正是恍然如夢。因為有太多年了，我幾乎再也沒有聽過潘壘的消息；就像已經有太多年了，我幾乎忘掉那一個青春的盛夏！

我們好像連客套的問候都還沒開始，潘壘先生就急著問我是否有可能重新出版他的作品，而且如果能夠的話，他想出版一整套完整的作品全集。我當時才確認，潘壘八〇年代以後再也沒有新作問世。他突然丟出這個難題，我一時竟答不出話來，想到這套作品至少有上百萬字，全部需要重新打字、編校、排版、設計，這無疑將會是一筆龐大的支出，以當時公司草創初期的困窘，我實在沒有太多勇氣敢答應。對於這麼一位曾經在我年輕時十分推崇而著迷的作家，竟是在這樣一個場合下碰面，我實在感到十分難堪。在無力承諾完成託付的當下，我偷偷地瞥他一眼，見他流露出一抹失落的眼神，老實說，我心情非常難過，甚至於有一種羞愧的感覺。這件事、這種遺憾，我很少跟別人說，卻始終一直放在心上，直到去年。

去年，在一次很偶然的機會裡，我得知國家電影資料館即將出版《不枉此生——潘壘回憶錄》（左桂芳編著），秀威公司很榮幸能夠從中協助，在過程中我告訴編輯，希望能夠主動告知潘壘先生，秀威願意替他完成當年未竟的夢想，這次一定會克服困難，不計代價，全力完成《潘壘全集》的重新出版。對我來說，多年的遺憾終能放下，心中真有一股說不出來的喜悅。作為一個曾經熱愛文藝的青年，已屆中年後卻仍有機會為自己敬愛的作家做一些事，這真是一種榮耀，我衷心感謝這樣的機會，這就像是年輕時聽過的優美歌曲，讓它重新有機會在另一個年輕的山谷中幽幽響起，那不正是我們對這個世界的傳承與愛嗎？

最後，我要感謝《潘壘全集》的催生者師範先生，感謝他不斷給予我這後生晚輩的鼓勵與提攜；同時也要感謝《文訊雜誌》社長封德屏女士，感謝她為我們這個時代的文學記憶保存許多珍貴的資料；當然，本全集的執行編輯林泰宏先生，在潘壘生活的安養院裡花了許多時間跟他老人家面對面訪談，多次往返奔波，詳細紀錄溝通，在此一併致謝。

無擾為靜，單純最美。當繁華落盡，我們要珍惜那個沒有虛華、沒有吹捧，最純粹也最靜美的心靈角落。當潘壘的生命來到一個不再被庸俗干擾的安靜之境，當他的作品只緩緩沉澱在讀者單純閱讀的喜悅中，我想，一個不會被忘記的靈魂，無論他的身分是「作家」，或是「導演」，都將永遠活在人們的心中。

謹以此再次向潘壘先生致敬！

二〇一四年八月一日

前記

我第一次穿軍服，只有六歲。那套「軍服」是父親在西服店裡特地為我訂製的，我還記得那套衣服的袖口和衣領上，都鑲有金色的帶子，樣子很怪。對於那次我能夠在兒童節遊藝會上帶頭走——當「總司令」，父親頗為自豪。以後，他一高興，便把腰一挺，用一種威嚴的，但是又有點滑稽的聲音喊我一聲：

「總司令！」

於是我便像一隻玩具木偶似的向他敬禮，然後說：

「有甚麼吩咐，皇帝！」

那個年代越南是有皇帝的，我只知道保大皇帝是最大。當我淘氣得令母親厭煩的時侯，她便莫可奈何地叫我皇帝，希望我能夠聽她的話。但是父親卻最反對皇帝，他時常向我們說，他就是因為要打倒皇帝，才「穿州越府」到「番鬼」地方來的。

於是，他便會認真地更正我的話：「叫爸爸，不應該叫皇帝！」

「但是『爸爸』沒有『總司令』大呀！」這是我的理由。

「那麼我問你——總司令有沒有爸爸？」

我想了想，覺得爸爸的話沒有錯，於是說：

「好吧，我們就派『爸爸』比『總司令』大好了！」

這樣「總司令」的遊戲，我一直玩到八、九歲。我的三個妹妹、同學，以及住在同一條街的孩子們，都成了我的部下；高興了，我便「封」他們作軍長、旅長，但可能幾分鐘之後，那位軍長、旅長便給我「革職」，甚至拖去「槍斃」——被「槍斃」的人要變成馬，讓我們當「官」的騎，想後再慢慢照「陸軍棋」的軍、師、旅、團、營、連、排等級，一級一級的升上去。

每年七月十四日，法國人照例在大花園舉行一次國慶大閱兵，炫耀一下他們的武力。記得我十歲那一年，我隨著父親去參觀回來，父親在路上問我：

「你看他們是不是很威風？」

我沒有回答。

在法國人統治之下，越南的殖民地色彩和藝術氣氛一樣濃厚，華僑的待遇並不見得比越南人好。因此，我從小便對法國人——對一切暴力與權勢都懷著一種仇恨的心理。每當我在街頭看見同胞們被那些紅臉的警督凌辱，我便止不住渾身發抖；這種刺激一方面不斷的使我增強要做個強國子民的信念，同時亦使我萌發一種近乎瘋狂的反抗思想。

從那個時候起，我便渴望有一支槍。後亦總算皇天不負有心人，跨進中學那一年，我弄到了一支舊汽槍。於是，我和幾個同學秘密組織了一個「游擊隊」，專門「偷襲」法人區那些美麗住宅的門窗玻璃。

這種幼稚的行徑滿足了我心中那種神秘的英雄感，而且很快的便成為一群「愛國者」的首領。我印過標語傳單，用鞭炮火藥製過不能爆炸的「手榴彈」，還廣羅隊員，制定暗語。結果，這種不正常的發展漸漸變了質，我們天天逃學，在外面惹事生非，鬧得四鄰不安。

父親雖然對我管教得很嚴厲，但平常卻採取放任的態度，直到有一天他完全明白了真相，他憂心地向母親說：

「這小子將來如果不是個將軍，就是個土匪！」

但，父親只猜對四分之一，那就是我回國之後，竟然捨棄了美術，自動地把頭剃光，跑去當了兵──而結果只當上一個小中尉，而且只是沒有經過銓敘的「黑官」，既不是將軍，也不是土匪。

在那個年代，志願從軍是需要勇氣的。

當時，正是抗日戰爭最慘烈的階段，全國雖然大敵當前，一致對外，但是某些地區，情形並不那麼單純。以雲南一省來說，龍雲擁有他自己的軍隊，只在某一種條件之下，才聽命於中央，完全是一派軍閥作風，腐敗到極點。

因此，兵役幾乎無制度可言，買賣壯丁和別的行業一樣普遍；至於軍人待遇之壞，簡直不能用文字來加以形容，所以教育程度之低便不足為奇了。我曾經在昆明看見過師管區運送補充兵，為了害怕逃亡，竟像押解囚犯似的用蔴繩串著；一個連長要槍斃個把兵，也是司空見慣的事。由於補給不足，以及軍官們的吃缺和克扣糧餉，士兵們衣衫襤褸，形同餓殍，難怪老百姓們平常就像躲避瘟疫似的躲避軍人了。在這種情形之下，要他們守軍紀重榮譽，毋寧是一件可笑的事。

這些事情，現在回想起來，仍然使我不寒而慄。

可是，當我穿起那套破舊、發臭而且長滿了虱子的灰布棉軍服時，我的內心卻被一種幸福的激動浸潤著，覺得非常驕傲。

那時，十萬知識青年從軍運動剛剛掀起，青年軍還沒有成立。讀過書非但沒有使我們在軍隊裡佔到甚麼便宜，反而引起過不少麻煩，老兵們都叫我們做「丘九」——這個名詞後來風行一時，變成了青年軍的別名。

從好的方面看，指我們有書卷氣，比「丘八」多一點；而壞的一面，卻是譏諷我們不夠當「兵」的資格。

依據傳統的邏輯，所謂「兵」，似乎應該是一個大字不識的老粗；要吃得起苦，要絕對服從，而且還要勇敢。所以，要達到這個標準，並不是一件容易的事。

我們連上有一個據說在奉軍裡當過多少年大班長的老兵曾經說過：「一個當兵的，一定要嚐過甜酸苦辣；吃耳光，關禁閉，挨屁股，這才算是『滿師』，不然只是一個『學徒』而已！」

因此，軍隊要如何把一個「老百姓」教育成一個「兵」，就不難想像了。我曾經把這種教育名之為「宗教式」的，因為它的「真理」，是要我們從痛苦中鍛鍊自己、犧牲自己。另外，還有一種「間接的」教育相輔而行，「老油子」們會帶你去玩女人，教你賭假牌，告訴你如何作弊取巧，逃避責任；當然，他們也會使你認識友情，和了解團體的意義，同時，他們還會引領你在戰火中大膽地越過災難。也只有在這種教育中，使你接觸到一種真純而原始的情感，使你從無數個善良的靈魂之中找尋到你自己。因為，人類有百分之九十九是偽飾的，只有從生與死之間的小孔中，才能窺見你自己——那可能是一個陌生的人，連你自己都不敢認識的。

那個日子，距離現在已經整整十七個年頭了。那些我曾經做過的每一件愚昧、荒謬和錯誤的事，現在同想起來，卻成為我這平庸的生命中最美麗的點綴了。

在我的小說裡，有很多是以我這一段「上等兵」生活為題材的，如《靜靜的紅河》、《狹谷》、《歸魂》等；但，都是不完整的，我只是擷取其中的片段，作為小說的素材而已。而這部書，我卻以一種自傳和報導文學的體裁處理它，無論時間、地點，和人物的姓名，都力求真實，我由入伍出國起，而至勝利凱旋止，把許多小故事分段記述。雖然，其中部份內容實在不足為訓，但是我始終以一種虔誠而謙卑的心情描述著自己——一個有血肉、有抱負、勇敢，但是也懦怯的「上等兵」，他只是那個年代裡的無數個上等兵之中最平凡的一個而已，我不願隱匿自己的罪惡。它除了替我的生命留下一些痕跡之外，並無任何意義。因為，那個時代——那個動盪的時代，早已過去了，今天軍中皆「丘九」，軍隊在任何一方面都不能和從前同日而語。不過，我覺得今天的進步，正是以前錯誤的累積。出版這部書，未始不有一點警惕的作用吧！

潘壘四十九年四月十二日記於臺北市

目次

偶然的決定

民國三十一年的冬天。抗日戰爭最慘烈的一個階段，在大後方——雲南昆明。

當我因患上瘧疾而到通海大姐夫家養病復元之後，我突然對美術失去了那份夢想成為一個畫家的狂熱。我的愛好新奇刺激，註定永遠一事無成。於是功課變成令我厭倦的經文，素描和調色板使我頭痛，就在這個時候，幸虧同班同學劉潔也認為缺乏天才，逃學總算有了伴。每天，我們在城裡瞎逛，專門找些沒走過的小街巷走。從一些小事情上看，我們似乎對甚麼都同樣的有與趣：比方那些肌肉發達的鐵匠掄著鐵鎚在打馬蹄，臉色發黃的藥店小學徒踩著月形的鐵輾盤輾草藥、皮匠縫製馬幫們愛穿的白皮馬甲、老太婆熟練地編織烘籠的籐套，乃至於孩子們滾在爛泥地上撒野、永遠不分勝負的夫妻吵架等等，我們都可以看上大半天。要不然，我們便從護國門租那些不及我們高的小川馬騎到金殿、白龍潭，或者就乾脆到翠湖公園泡茶館，聽客們高談闊論；待不住了，就買兩包米花到附近魚池去餵鯉魚。總而言之，昆明有的是遊玩的地方。

寒假快到了，期考臨近了，著急也沒用，兩個人索性計劃到鄉下去住些時候。「九甲」是我由越南回國後躲警報疏散的地方；離昆明不算太遠，對著西山的斷崖，隨著如鏡的滇池，我在那兒住過一年。我的國語就是在那兒學會的，後來搬回昆明城裡時，人家都說我是道地的「老滇票」，滿口土話。自從我和劉潔發現大家志同道合之後，我時常提起九甲鄉，將它形容得天花亂墜。因此那天我們討論旅行的地點時，劉潔馬上便提議到「美麗的九甲」。

為了要多準備點錢，那晚上我回到叔父家裡住。我這位叔父並不是親的叔父，事實上我也不可能有親的叔父，從曾祖父算起，我們這一房已經三代單傳，這位叔父只是父親當年「搞革命」時的拜把兄弟而已。他每年都要到越南辦一次貨，就住在我們家裡。他愛大聲說話，狂笑，喝花酒，一高興就揑我的腰，一隻手把我舉起來。直到我在越南淪陷前逃亡回國，才發現他是一個既孤獨而生活又刻板的老頭子。他在金碧路開一家雙開間店面的五金行，勤勞、吝嗇、不苟言笑，對待店裡的伙計非常嚴厲。自從我「投靠」他之後，我很快的便發現他並不怎麼歡迎我；他似乎怕我知道他的甚麼秘密似的，慫恿我到學校去住讀。除了逢年過節，他連假日都希望我不要回來；即使回來了，也難得和我說幾句話。所以除了要錢，我也很少回到店裡來。這天我回來的時候，他正幫著店裡的伙計搬運沉重的原桶鐵釘，直到他把工作做完，回到賬櫃前那張大藤椅上坐下來，才翻著眼睛瞟瞟我。

「又沒有錢了？」他沉鬱地問。

我正要找個甚麼理由開口時，他從毛了邊的上襟小口袋裡將一封信掏出來。

「你很久沒有給家裡寫信了吧？」他望著信，發覺我沒有答，才緩緩地抬起頭。「——喏，拿去！不過你得回一封信給你爸爸，現在就寫，我來替你寄！」

我依從了他，等到我把寫好的信遞給他時，用不著我開口，他照例用一種痛惡的神氣，打開他那掛在腰褲帶上的老式皮包，給我一疊國幣。

「你要省著用，我記到你的賬上的！」他冷冷地說。

第二天早上，我趕到金碧路得勝橋約定的小船碼頭，劉潔竟悠甚麼都沒帶，空著手。

「你搞甚麼鬼！」我抱怨地叫道：「你的東西呢？」

他笑笑，不響。然後頭一歪，暗示我跟他沿著河隄走。

最初，我以為他因為弄不到錢，但馬上又覺得這不是理由。我們在金錢上從來不分家。等到我一邊走，一邊猜得不耐煩了，他才突然停下腳步，面對著我。

「我想跟你商量一件事。」他說話的口氣很嚴肅，我從來沒有看見他這樣正經過。

我沒開口，他又補充一句：「這事情很嚴重！」

我有點不耐煩了，催促道：「那麼你說呀！」

「嗯……好！」他猶豫了一下，沉下聲調說：「不過我先聲明，事情的決定在你：要是你不去，我一個人是絕對不會去的！」

「你今天怎麼啦？」

「我說——你得馬上做個決定。」

我困惑地點了點頭。他望著我的眼睛說：

「你想不想到印度去？」

「印度？」我幾乎叫起來。

「只要說『去』，或者說『不去』！」

「去幹甚麼呢？你總得告訴我，我也得考慮考慮吧。」

「我早就考慮過了，」他固執地接住我的話：「現在只聽你的——等你決定了，我再詳細地告訴你。」

他的話本來就有點不講理，同時那副輕蔑氣激惱了我，於是我大聲喊道：「你以為我不敢去？」

「那好極了！」他驟然鬆弛下來，露出那種在惡作劇時所特有的玄惑笑意。

「其實，我知道你不會不去的！我聽到這個消息之後，一夜都沒睡好！」

「現在你總該告訴我了吧？」

這時，他才想起替我分拿一點東西，然後順著原路走回去。

原來他所說的消息，也只不過是「馬路新聞」，是他昨晚在南校場吃宵夜時聽到的：某某部隊就要到印度去，正在城裡秘密招募，而招募的新兵以知識分子為限。國軍由緬甸撤退到印度整訓，報章上偶爾也有一兩篇通訊報導，但直接由國內派遣去的，卻從來沒聽說過。不過，依情理推度，並非不可能，至少，不能說是捕風捉影。劉潔一邊走，一邊幻想著到印度後的情形：從氣候，膚色，而談到恆河，甘地，苦修的瑜伽，最後，他忽然提起印度的詩聖泰戈爾。劉潔一向以會寫兩句歪詩而自豪，雖然投出去的稿子和登出來的不成比例，但他仍然樂此不疲。假如他心中有神的話，那麼毫無疑問，這位「神」就是泰戈爾。他崇拜他已經到達入迷的境地，非筆墨所能形容。

「到了印度，我一定去看看他的故居。」他認真地說。

「你別想得那麼天真，」我說：「我們不是去遊歷，是去當兵！」

「你怕當兵嗎？」他回過頭來注視著我。

以我回國後所看見的情形來說，我的確是有點怕的。襤褸的軍服，粗劣的食物，我還看見過一隊新兵，像囚犯似的用繩子串起來，為的是怕他們逃亡。

劉潔似乎已經窺透了我的心意，於是又露出了他的那種微笑。

「你放心好了，」他說：「這是出國的部隊，待遇總比國內好的！」

「我不是在想這個。」其實，我甚麼都沒想，我只知道自己已經決定了，決定了便沒有任何理由改變。我想：劉潔也許是為了他的泰戈爾而去的，但我卻為了更多更好的理由——雖然我一個也說不出，可是我心中卻充滿了這種「感覺」。

把東西寄存在一家熟識的小飯店裡，我和劉潔走到正義路頂青雲街去，因為「據說」那個秘密招募處就在那附近。

青雲街是一條很冷靜的小街，街道有點傾斜，我們一邊走，一邊注意兩旁的房屋，來回走了兩次，才發覺中段一間屋子有點可疑：它的板門半開，裡面簡簡單單地擺著兩張桌子，坐著幾個軍人。我們再往回走一趟，猶豫了半天，才鼓起勇氣走進去。

坐在當中的一條槓槓兩顆星（後來我才懂得看領章上的階級）的軍官沒讓我們開口，便指著桌上那本攤開的花名冊，簡短地說：

「先填這個。」

就這麼簡單嗎？我們反而感到不安起來。中尉朝我們笑笑，於是劉潔開始拿起毛筆填寫。輪到我填年齡這一欄時，中尉伸過頭來，認真地說：

「十七歲，年紀不夠呀！」

「要多少歲才夠？」我不以為然地問。

「十八歲以上，三十五歲以下。這是規矩。」

「十八？」我急忙分辯：「再過一個月不就十八了嗎？而且我算的是足歲，如果照中國算法，我都快十九了——我可以給你看出生紙！」

中尉依然望著我笑。

「我以為你才十五六呢。」他用一種含有調侃意味的口吻說。

我望了劉潔一眼，意思是要他做一個「撤退」的準備。

「那麼，你們究竟取不取呢？」我問。

「哦，你們是廣東人。」中尉望著名冊。

我沒有回答。心裡在想：只要他說不行，我馬上便走。他抬起頭了。

「這樣吧，」他溫和地解釋道：「你就填十八好了，要不然我們沒法向上面報。」

我反而變得不好意思起來。等到我們填好表，這位有點毛病的中尉像是才發現我們所填的學歷似的，他困惑地問道：

「你們怎麼不好好讀書呢？我們不是到印度去玩啊！」

「我們知道。」

「當兵是很苦的，你們想過嗎？」

「我們想過了。」

他似乎無話可說了，重新打量了我們一下，然後正色地說：

「好吧，你們先去把頭剃光，然後把私人的事情辦好，明天早上九點鐘，到這裡來報到。」中尉又叮囑一句：「記住，甚麼都用不著帶，把你們自己帶來就夠了！」

走出那間屋子，我不明白自己為甚麼會激動得那麼厲害，渾身發抖。現在我才知道，命運是這樣奇妙，只是一個偶然的決定——這簡直是連作夢也沒想過的，我的生活便完全改變了。我想：假如我並不想放棄要成為一個畫家的願望，假如我和劉潔找不到那個地方，假如我因年齡不夠而被拒絕的話，那麼，一切都不同了，我就要變成一個與現在截然不同的「我」了！

我們連回到學校合作社去的耐心都沒有，才轉出青雲街，便跨入正義路一家相當體面的理髮廳去，神氣活現地坐到白瓷大轉椅上。

「老樣子嗎？」理髮師摸摸我那剛理過不久的頭髮。

「剃光頭！」我大聲回答。我發現劉潔在鏡子裡對我笑。

理髮師愣住了。這麼冷的天氣剃光頭？但，如果這種事情在十萬知識青年從軍運動之後發生，情形就大為不同了；所以，當我將剃光頭的理由告訴他時，他竟然毫無表情，只是替我這一頭黑髮惋惜。

走出理髮廳，寒風一過，馬上覺得頭上少了點甚麼。而心裡，卻被甚麼塞得滿滿的，連肚子也一樣。

這一笑是昏亂而癲狂的，不知道在忙些甚麼。我曾經要想回叔父的店裡去一次，但隨即又打消了這個念頭，我知道我是絕對不能把這個「瘋狂的」計劃告訴他的，還是到達印度之後再給他寫一封信吧。晚上，同寢室的和較為要好的同學堅持要為我們餞行，把合作社一間十公尺見方的食堂擠得水洩不通；酒是從校外偷運進口的，吃得杯盞狼藉，很有點醉別的氣勢。

突然，一位同學好奇地問我們投考的是甚麼部隊？我和劉潔給他問呆了。的確，我們忽略了這一點。但，我們隨即找到安慰自己的理由：管它是甚麼部隊，反正是當兵！而且，有資格被調到國外去的部隊，大致不會差的。

他們同意這個說法。可是他們仍然不能明白，像我們這兩條成天逃課的大渾蟲，到軍隊去能幹些甚麼？其實，我何嘗不這樣問著自己呢。

巫家霸機場

儘管那位中尉叫我們甚麼都不帶，儘管怎樣忍痛犧牲——在昨晚醉倒之前，我們已經將全部書籍以及衣服被褥，分給同學們作為紀念品了。可是，第二天早上，趕到青雲街去報到的時候，我和劉潔每人還是提著一隻小箱子。

中尉皺著眉頭，摸了半天下巴，最後無可奈何地說：「好吧，到了機場再說！」

九點鐘光景。一位姓陳的少尉將我們送到昆明郊外巫家霸機場旁邊的一座營房裡去。在那個空場子上，我們被十多個穿灰布棉軍服，沒有戴軍帽的軍爺們圍住。他們有神沒氣地望著我們（尤其是我們手上的小箱子），嘴上含著那種幸災樂禍的令人不快的怪笑。

「好！又來兩個！」其中一個身體粗壯結實的大漢拖著聲調說。我從他那重濁的口音中，聽出他也是廣東人。

「你們也是……」我吶吶地問。

「我們跟你們一樣，」站在大漢旁邊的一個瘦小而膚色黝黑的傢伙接著解釋：「也是志願報名的，只不過我們比你們先來——你們看！」他打趣地用手摸摸頭上的短髮，「馬上就可以梳飛機頭了。」

發覺我和劉潔臉上露出失望的神情，大漢表示遺憾。他用手拐碰碰瘦子，勸慰道：「放心好啦！馬上就得走，最遲不會超過兩個月！」他故意在音調上強調最後的那三個字。

「兩個月？」我和劉潔同聲叫起來。

「這還是最保守的估計。」

「你們怕甚麼？這裡有吃有住，連虱子都全部免費供應……」

「你別嚇唬他們了！」大漢矯飾地說。

瘦子滿意了，他忽然滿臉虔誠地回過頭去，向大漢說：「不過，他們可比我們聰明多了！」

大漢似乎一時還弄不明白他所指的是甚麼，瘦子已經把話接下去了。

「你們帶了些甚麼東西來？」他指指我們手上的小箱子問，那神氣就像大人問一個迷了路的小孩子似的。

我正要回答，大漢已重重的用肘拐碰了碰瘦子。就在這個時候，幸虧那位少尉在前面的屋簷下面向我們招手，替我們解了圍。

「走吧，」大漢善意地拍拍我的肩膀，說：「我帶你們去領東西，給你們安排住的地方。」

在那間門口掛著「防空學校高射砲獨立第三營第二連連部」木牌的屋子裡，少尉帶我們去見一位胖胖的連長和一位文質彬彬的連附，這時我們才知道，這少尉就是第三排的排長。

「讓他們暫時住在一起吧，」連長說：「到齊了再給他們分班。」

出來的時候，少尉命令我們向連長和連附補行鞠躬禮，才領著我們離開房間。出了屋子，我親切地向少尉說：

「哦，我還不曉得你是排長呢！」

少尉驟然把腳步頓住了，我馬上從他的神色上發現，自己剛才一定做錯了一件甚麼事。他對著我們站著，一手叉腰，一手拉了拉斜在胸前的那根顯然是新買的，當時軍官們（尤其是剛從軍校畢業出來的）配掛的「馬龍頭」，然後以一種生硬的聲音咒罵道：「老百姓！」

我們不知道「老百姓」這三個字在軍隊裡所包含的意義，但我們馬上便懂了，因為這位和拿破崙差不多高矮的排長，已經用他那擦得雪亮的皮靴踢著我們的腳跟。

「立正站好！」他咆哮著。等到我們依照他的指示把腳跟靠攏之後，他開始向我們這兩個「老百姓」訓話。總而言之，以後得尊敬官長，不許「沒規沒矩」。

最後，他把我們交給大漢。當然，臨走時，又強迫我們向他敬禮。等他走遠了，我忍不住說：

「這小子好兇呀！」

劉潔拉了拉我，大漢笑起來。

「只要多給他敬幾個禮就沒事了——他是值星官！值星官的派頭總是這樣的！」

「值星官？他不是排長嗎？」我不解地問。因為我不知道值星官是不是比排長大。

大漢想向我們解釋，但擺了擺手，馬上便打消了這念頭。

「我先帶你們去領東西吧！」他說：「軍隊裡的規矩，過兩天你們就懂了。」

在一個滿臉長著小疙瘩的「特務長」那裡，我們每人領到一頂軍帽，一條腰皮帶、一套棉軍服和一床單人棉被。帽子太大，所以我戴的時候，只好盡量向後壓，讓捲曲的帽簷，在額頭上豎起來，那套棉軍服是破舊不堪的，棉被也是一樣，最多只有一斤重；而且都長了霉，發出一股壞漿糊似的臭氣。

我永生難忘當我穿起這套不合身的破棉軍服時內心的感覺：又驕傲，又悲哀。好心的大漢——那時我已經知道他的諢名叫「水牛」——教我每天穿棉褲的時候，先倒過來抖一抖，因為裡面的棉花都積落到兩條褲腳管上了。

這一天我學會了許多東西：進連部得先喊報告，和官長說話要立正，敬禮越多越好，吃飯和睡覺之前，得極力忍受那一套軍隊特有的囉嗦規矩，等等……

而最讓我吃驚的，就是棉軍服和棉被上有捉不完的大虱子。

我得感謝這種教育，只不過兩三天功夫，我和劉潔已經能夠混在這些「老資格」裏面，歡迎和作弄比我們後來的人了。不過，有些事情是我始終弄不懂的。比方官長的階級：第一排和第二排的排長是中尉，第三排的「拿破崙」卻是少尉，而排附都是少尉；最奇怪的，是連長和連附都是上尉。因為都是上尉，我分不出誰大誰小，所以當我看見連附向連長敬禮的時候，覺得很不合理。在所有的官銜上，我對特務長這個稱呼很感興趣，因為「特務」這兩個字含有一種神秘意味，在我明白它只不過是個「小管家」之前，我始終對它肅然起敬的。

記得是第二天的晚上，我忽然偷偷地問劉潔：「你看我們是甚麼階級呢？」

「大概是二等兵吧！」他想了想才回答：「我們當然要從最小的當起。」

不知從哪兒聽來的三三制——三排是一連，三連是一營，所以我以為，階級也是三年升一級。

「那麼，我們要當六年才能熬滿上等兵了？」我又問。

這個問題是劉潔所不能解答的，我也並不一定想得到解答；我只告訴他，我希望能快點當個上等兵，因為從字眼上看，「上等」的確要比二等和一等神氣一點。

以後，比一隻好鬧鐘還準確，我天不亮就被拖起床，然後是：整理內務，集合，點名，跑步到老遠的一條結了冰的小水溝去洗臉，在操場上跟班長學立正，稍息，起步走，放大喉嚨喊一二三四，和唱「大刀向」、「槍口對外」這一類軍歌；空的時候，就跟「水牛」和「馬拉仔」——那個瘦子，他是馬來亞華僑——他們大夥兒躺在操場邊上一條小旱溝裡曬太陽，一邊比賽捉虱子，一邊瞎聊。肚子餓了，馬拉仔便會自告奮勇，從我們的小箱子裡拿一兩件衣服零物，到前面合作社去換滷牛肉和滷豆腐乾。我們並不使那位中尉替我們的那兩隻小箱子傷腦筋，四五天功夫就換得空空如也，連箱子都不剩。

就這樣，一個星期過去了。雖然我們已經打過一次防疫針，粗枝大葉地讓一位美軍軍醫檢查過一次身體，出發的消息依然是那麼渺茫。等到十天後，我們已完全失去耐性。但，後悔顯然已經太遲了。而且那個時侯，為了我們的失蹤，我的叔父和劉潔的家人一定是焦急萬分，到處尋找，穿著這套破棉軍服逃回去，這種狼狽的情形是無法忍受的。

現在，唯一支持自己的，還是第一天剛到這兒時心裡唸的那句話：「既來之，則安之。」

第十八天，當我們因營養不良和睡眠不足，弄得面現菜色，憔悴不堪的時候；當身上的虱子繁殖得使我們害怕去捉牠們的時候；當我們對於這該死的「出發」完全絕望的時候，確實的消息來了——馬上出發！

第二天開始，我們開始重視自己的編隊號碼（每二十四人編為一小隊，每隊乘坐一架運輸機），同時還想盡辦法向合作社那些人打聽，當天出發的是第幾隊？然後再推算自己可能出發的日期。

雖然這種預測十有九次是錯誤的，但，我們到底已經看見一些同伴出發了，由於飛機不多，每天大概只能出發六隊到十隊，而飛越駝峰又是一條相當危險的航線，尤其是在這個氣候惡劣而多變的冬天，所以輪到我和劉潔所隸屬的五六一小隊時，我們已經在這和沙漠一樣荒涼寂寞的巫家霸機場住了一個月零三天了。

喜馬拉雅山

當五六〇小隊出發後，實際上還拖了三天才輪到我們，因為正好碰到幾天壞天氣。這種滋味是很難受的，惶惶終日，無所適從。雖然我們曾經聽到過一些飛機在駝峰失事的傳說，但我們從來沒有替自己擔心過，彷彿只要能夠離開了這兒，性命是次要的問題。

出發的命令來得很突然。因為天色陰沉沉的，誰也不會相信這種天氣會走得成。但，十點鐘左右，一輛吉普將那位高得像頭長頸鹿似的連絡官帶了來，於是，隨即引起了極度的騷動。

這十多天裡，每一小隊的人始終是集合在一起候命的，連去小便都先得讓帶隊的官長批准。因此，當值星官宣佈出發的小隊號碼時，我們簡直興奮得像一群瘋子了。不知是甚麼原因，按照規定，我們是連一張紙條也不許帶在身上的，所以，根本用不著收拾，集合點名之後，便跑步到機場的停機坪。

這天一起出發的，一共有五架飛機；除了我們第二連，第三連有一排人跟我們一起走。在機場上，再經過一陣檢查，便魚貫登機。上機前，每人領到一袋冠生園的西點，還有一隻牛皮紙袋；後架才知道這隻紙袋是嘔吐時用的。飛機是C-47型運輸機，每個人可以分配到一張鋁製座位（座位可以摺攏），沒有降落傘。但，誰也沒有想到這一點。進了機艙，我和劉潔並排坐在一起，除了深長地吐了一口氣，大家說不出半句話。一切都太倉促了，倉促到沒有時間去讓我們想，沒有時間讓我們向祖國惜別。

馬達響了，震耳欲聾。然後，飛機向前滑行，在跑道頭試了車，很快地便升上天空。

第一次乘坐飛機的感覺很奇妙：新奇，與奮，但又有點驚惶。我和劉潔靠在小窗子後面，俯望著下面灰色的昆明城，和小小的呈現著藍色的滇池。這個時候，我才相信我將要離開祖國，到一個陌生的國度，過一種不可知的新的生活了。我相信劉潔和同機的同伴們都有同樣的想法，不過大家都緘默著，像是都不願將心裡的感觸宣洩出來。

很快的，飛機已經穿入雲層中，那曾經被我們忘懷了的寒冷，現在又開始向我們襲來了。機身忽升忽降地顛簸著，有些同伴開始嘔吐了，我也感到喉癢難熬，但始終忍耐著，不願吐出來。我想，即使要吐，也得要讓劉潔先吐，我是從來不肯在他面前示弱的。

半個鐘頭之後，我們已經冷得渾身發抖了。我蜷作一團，曾經想以機外的景色分散自己的注意力，可是這個主意失敗了，因為窗外除了雲，一無所有。同時，由於氧氣的稀薄，我不知在甚麼時候睡著了。朦朧中，我驀然被劉潔搖醒。霎時間，我以為飛機要失事了，因為我發現他的神情異常激動。

「喜馬拉雅山！」他吶吶地喊道：「喜馬拉雅山！」

我向小窗回過頭，好一會兒我才明白這幾個字的意義。

我的呼吸突然停止了，我被一種發自內心的強烈的力量所窒息。我懷疑這是夢境；我是多夢的，夢裡時常有這種感覺。

直到現在，我仍然不能確切地將所瞥見的喜馬拉雅山的面貌描述下來。它幾乎是不可思議的，在雲層之上，彷佛一座浮在海洋上的冰山。至於它的形狀，除了在夢裡，神話裡，富於幻想的漫畫家筆下，我永遠不會相信這個世界上會有一座這樣的山峰，這似乎是一件不可能的事，但又不得不讓你相信；它可以說是完全透明的，發著光，我不能清楚地望見它的峰頂，毫無疑問，峰頂正沒入更高的鉛灰色的雲層裡，因此顯得它更神秘，更莊嚴。

我忽然發生一個感覺：它應該是一把攀上天堂的梯子，我們已經接近天堂了。

雲層又將飛機裹住了，我們同時深長地吁了一口氣。剛才這短短的一瞬是永恆的，如同我在生命中所遭遇的每一次幸福一樣，我沒有將它攫捉住，我失去了它；我等待雲層散開，希望能傾全生命的熱情再注視它一次，但我失望了，我沒有再望見它——即使在夢裡，我也從來沒有夢見過它。

越過了駝峰，我們感覺到飛機逐漸向下滑降了。驀然，整個宇宙明亮而廣闊起來；飛機已經穿出了雲層，呈現在眼前的，是那藍得使人有乾燥感覺的天，和碧綠的土地。

這種景色是令人驚訝的，因為在祖國，現在正是隆冬，機艙內仍保持著這份寒冷。這好像在冬天看描寫熱帶的電影一樣，我反而發起抖來。

「外面一定很熱。」我向劉潔說。

「當然，」他回答，我現他的嘴唇也在顫抖，「連一片雲都沒有。」

顯想，我們已經在印度東角的上空了，但計算時間，至少還有一個鐘頭才到達目的地——丁江。我的聯想力是極其敏銳的，雖然我也知道這只是一個譯名，可是我仍在這兩個字上推想那是一個甚麼樣的地方：我想，它一定很小，有一條河流……

飛機繼續向下滑，幾乎貼著地面，高度不會超過五百呎，下面是一望無際的茶田，我們甚至很清楚地看見那些在茶田裡工作的印度人。

「大概到了吧！」不知道是誰這樣說。

大家的心情突然緊張起來。但這是不可能的，我貼近小窗，希望從下面找到一條河，或者一個小小的城市，但，除了整齊的矮矮的茶林，甚麼也沒有。

飛機就在這片大得可怕的茶田上飛了三刻鐘，突然出人意外地降落在一條狹小的黃色跑道上。

機門打開了，一股炎熱的氣流擁進來，這種滋味是難於用文字形容的，雖然有點像在戶外凍僵了的人，突然走進一間有暖氣設備的屋子裡；然而，這只是類似而已，我能感覺到那暖流向我猛烈擁抱時所發生的每一種變化，我感到暈眩，窒息，然後忍不住嘔吐了。

我發現劉潔正以一種揶揄的目光望著我。

「怎麼樣，」他說：「不能再充英雄了吧？」

是的，不能算英雄了——這幾小時之內眼看別人嘔吐的那種英雄感完全失去了。當時我是多麼幼稚啊，後來上過前線，見過死人，我才發現英雄不如我所想像那樣的完美，其實英雄像懦夫一樣，也會害怕的。

我疲弱地走下飛機，望望這荒涼的機場，實在有點失望。

這就是想望已久的丁江。

丁江

除了一片竹林，我在記憶中對丁江毫無印象，當時的印象也是如此。

在機場旁邊，我們集中在一起，如同一大隊剛從阿拉斯加飛到剛果的遊客，身上的棉衣現在想起來實在太可笑了。最初，我們以為是在等交通工具，將我們送到丁江「城」去，後來索性將身上全已汗濕的棉衣脫了下來，頂在頭上，遮擋那如火的太陽。

約莫又等了半個鐘頭，我們才由一位連絡官帶著，步行到附近的竹林營地裡去。

在竹林裡，我們看到比我們先來的同伴，從他們那兒知道我們還得在這裡住些時候，等人數到某一個預定的數目，便乘專車到藍姆加（Ramgarh）軍區去。

「大概快了，」那些同伴說：「帳篷都住滿了。」

果然，費了一番周折，我們才從八卦陣似的竹林裡分配到一列小帳篷。一班人擠一個。而且，每個人領到兩條灰色的棉軍毯和一隻大搪瓷飯碗。

按照以往的例子，我們應該在丁江換新軍服的。但湊巧已經發完了，新的還沒有運到，所以我們要到藍姆加才能領換。由於這個原因，我們不得不考慮破棉衣上的虱子問題了，因為它們可能繁殖到棉軍毯上去的。

最後，連部頒發了一個命令：睡覺時，要將衣服脫光。

這個命令對於有這種習慣的北方人，也許正合胃口，但對於我，卻變成了刑罰。從有記憶以來，我就沒有這樣睡過覺；不習慣在其次，那份尷尬和彆扭是無法忍受的。

結果，我和劉潔只好向排長要求，讓我們在晚上自動的站整夜的衛兵，白天免掉我們的公差勤務。

雖然丁江的白天炎熱似火，但夜間卻冷得出奇。我和劉潔提著馬燈，在竹林裡走來走去，談談我們的幻想，一點也不寂寞。因為，陪伴我們的，還有千百隻猴子和餓狼；牠們那淒厲的啼號嘷叫，此起彼落，偶爾，我們還看見一兩隻野兔在竹林間跳躍……

實際上，我們在丁江只往了六天，便向藍姆加軍區進發了。那幾天裡，我開始懂得軍隊是一塊甚麼樣的磨石，要將我們琢磨成一種甚麼樣的形態。

我記得是第三天，正好又輪到有自卑感的「拿破崙」當值星官，這正是他使用權力的時候。也許他認為自己有歌唱天才，因此在午飯前突然把我們集合起來教：「歌八百壯士」；那支歌是相當長的，而且中間有一段相當難唱。他雖然很有耐心地教，但總是不能讓他滿意——後來我才發現，他從來沒有對任何一件事情滿意過。而開飯的時間到了，伙伕已將飯菜抬到我們前面的那片空場上，監廚的人也將菜分好，但他卻不許吃，他要我們「唱好了」才能吃飯。最初，我們的確努力地要將這支只教了一小時的歌唱好，然而唱了三遍，他都能夠從某一段中找到毛病。

「重來重來！」他痛恨地揮動著手，大聲吼著：「重來！」

就在第四次重來的時候，突然開始下雨了。我想，這總該停止唱下去了吧！可是不然，這場雨正好是他表現個性的好機會，他和我們一樣站在雨裡。

「唱不好不許吃！」他用威嚴的聲音重複著這句話。於是，我們一遍一遍地唱下去，眼看著菜盤裡的炒牛肉變成燴牛肉，燴牛肉變成牛肉湯；最後，牛肉湯溢出來了。

等到他讓我們吃飯的時候，那首歌已經「唱好了」，但我們完全失去了胃口；幸虧滿身淋著雨水，要不想劉潔一定發現我是哭了。

那天晚上，據說他——這位值星官感冒了，我忽然有幸災樂禍的感覺。但在夜裡，當我和劉潔照例靠坐在帳篷前的竹根上守衛的時候，我看見他披著毯子，提著馬燈，一個帳篷一個帳篷地依次巡查過來，替士兵們拉拉毯子，我忽然有說不出的感動。也許這就是我永遠不會忘記那支歌的原因；每當我唱起來，我就想起雨，竹林，以及拿破崙那披著軍毯的樣子。

住進竹林的第二天，「馬拉仔」便告訴我前面有一家「合作社」，甚麼都有得賣。記得住在昆明巫家霸機場裡時，他通常是擔任跑腿工作的，我們都有吃零嘴的習慣。因此，一空下來，我們便拖著「水牛」一起去。

他在前面引路，在八卦陣裡左彎右拐，終於找到了。原來並不是甚麼合作社，只是一家印度人開的小雜貨店而已。

這個雜貨店最多只有十呎見方，伸手可以摸到屋頂；它是用木料建築的，及腰的地方搭成一個平臺，店老闆盤膝坐在上面。店裡的貨物，就擺在他的四周，伸手可及，非常有趣。

如「馬拉仔」所說，的確應有盡有，從針線花粉而至匹頭布料，吃的用的，幾乎無一疏漏。在昆明出發之前，我換了十盾盧比（印度的貨幣），這是眾所周知的，當我們將錢花光時，「馬拉仔」便鼓勵我將這十盾盧比換掉。他的理由是，我們一到印度便有錢發的，但我始終不肯拿出來，我總覺得到一個陌生地方，而身上不帶一點錢的話，總有點不安全。

現在，用錢的機會總算是來了。「馬拉仔」知道我沒有理由不用掉它。

我們四人並排站在這家「合作社」的前面，端詳了半天，然後決定買一些水果、餅乾和香煙——那種用煙葉捲成的錐形的土煙，是他們三個人要的。這是一次相當傷腦筋的交易，也讓我了解了印度人的智慧。

他們文化的低落實在令人驚異。盧比等於我們的元，每盾盧比換十六個安那（等於角）；每個安那換四個擺沙（等於分），這種彆彆扭扭的兌換率，對於智識水準低的人，的確是一種負擔。當我將那張十盾面額的盧比遞給那位面色如炭，戴著紅帽子的店走闆時，他先是一愣，然後接過錢，開始思索。

我知道他並不是在懷疑我這張票子是假的。

其實，這是最簡單不過的，我們一共買了一盾盧比四個安那，他只要給我們八盾盧比十二個安那便對了。我們四個人用種種方法和手勢向他表示，但他依然不放心。

比畫了半天（因為他很本聽不懂我們的話），他開始計算我們買的東西了。我看見他數自己的手指，手指數滿了，接著數自己的腳趾——數腳趾像是印度人計算數目的一種習慣，自然而方便。最後，他把那個數目算出來了，於是便將一盾一張的盧比遞給我。一共給我十張。

當我懷疑他算錯時，他向我打手勢，意思是要我給錢。我給他兩盾，但他只收一盾。然後，他先將水果給我們，再找零頭給我們。他一樣一樣地算，免得數目弄亂。就這樣，最少也經過十次手續，我們才算完成這筆交易。

我忽然有一個奇怪的想法，假如上帝讓印度人長十六個手指就好了，我看見過有人長十二個指頭的。

「好當然好，」劉潔說：「算起『擺沙』來怎麼辦？」

「那還是一樣，一隻手等於兩個安那！」我回答。

英磅是怎麼計算的，我沒有研究過。我也看見過好些智識水準很高的印度人，但，後來我卻看見過連計算腳趾都不懂的印度人，像這家「合作社」的店老闆，在印度已經算是水準相當高的了。

後來，我們時常去光顧他，對於他這種奇怪的算法也漸漸習以為常了，也許這樣不太容易出錯。有一次，我忽然發現了他這個詭計：他是先要將我們的腦筋搞亂，然後在小數目上佔我們的便宜；當你發現時，這又變成他的一個最好的藉口——算錯了。

秀才造反

軍隊裡，有很多事情是永遠無法解釋的，愈想了解，便愈使你困惑。在當時所謂「軍隊」，就是要「跟老百姓不同」；既然跟老百姓不同，根據邏輯，老百姓行得通講得明白的規矩和道理，在軍隊裡就得把它整個的放棄——最好能夠把它們完全忘掉。

但是，這只是理論上的說法，實行起來的確是非常困難的；它非但要改變我們的生活習慣，同時還那麼固執而橫蠻地改變我們的興趣、性格和思想；它要把我們訓練——不如說是「捏」成一群一式一樣的「軍人」，只允許我們相信一個真理：「軍隊就是軍隊！」

在出國之前，大概由於我們是志願投考的，而且都是「知識分子」，為了表示優待和管理方便起見，我們十多個人，暫時納入駕駛班的編制；駕駛班是直屬連部的，而「直屬」這兩個字使我們這一群「老百姓」產生一個錯覺，以為我們既然不屬於任何一排，當然用不著賣排長排附們的賬；因此，我們也自以為要比排上其他的士兵高出一等，到哪兒都聚在一起，處處表示我們是「受過教育」的。

雖然在巫家霸機場的時候，連上會經要我們跟著各排一起操作基本教練，也和各排一樣要早點晚點，但卻准許我們免出公差勤務。到達丁江之後，由於排上的事情太多，我們這群「少爺」便開始使其他的士兵覺得不滿，結果在第二天的早上，我們的「豁免權」取消了。

其實，這並不是一件甚麼嚴重的事，可是第一排那位瘦子排附的冷言冷語激惱了我們。他是四川成都人，自稱出於書香門第，受過高等教育，喜歡說幾句挖苦別人的俏皮話。結果，麻煩便由他那有點過份的俏皮話引起了。

我們駕駛班也有一個班長，但是他不管事。他說他的名字在營部；後來才知道他是營長的老部下，做班長降了他的身分。因此，「水牛」便成了我們的精神領袖，一切都聽他的。

但是，這次「秀才造反」事件發生的時候，我和劉潔恰巧出公差領給養去了，並不在場。回來的時候，才知道那位排附在小河邊挨「水牛」他們揍了。我看見那位排附渾身透濕，站在連長的帳篷外面，第一排排長和連長在大聲議論些甚麼重大的問題。等到我趕回自己的帳篷，還來不及問他們所發生的事，外面的緊急集合號已經響起來了。

毆打官長，自然非同小可。結果，不問青紅皂白，駕駛班全體無一倖免，每人挨了十扁擔手心。我和劉潔對於這種「判決」當然不服，因為當時沒有機會解釋，所以解散後我們便去找連長論理，同時希望那位排附能夠給我們證明。但是當我們（後面當然跟著「水牛」和「馬拉仔」他們）向第一排的帳篷走過去時，那位餘怒未熄的「大排長」從帳篷裡衝出來。

「你們要造反啦！」他吼道。

我正要解釋，他已經把手一揚，命令那個趕過來的值星班長：

「馬上集合！」

五分鐘之後，隊伍又集合起來了。顯然他們事先計劃好的，到場的只有這位「狗熊」排長。值星班長他敬過禮之後，他一言不發，定定地瞪了我們幾分鐘，才命令駕駛班向前走五步，其他各排解散！

我們馬上知道事情不妙了，但他仍然沒有說話，隨即帶著我們在竹林子裡跑步。半個鐘頭之後，我們開始相信他是曾經練過長跑的了。然後，他把我們帶到泥濘的河邊，命令我們每人來五十個伏地挺身，等到結束了這個科目，我們那種狼狽的情形，是可以想見的，但是，還沒有完，他還要我們操慢正步回去。

我不曉得我哭過沒有，但是至少有一半人是哭了，我雖然疲乏得幾乎要倒下來，但是心中一種執拗的力量在支持著我，我緊咬著牙，瞪著前面。

我們總算是「操」回來了，連上的士兵怯怯地圍在四周。「狗熊」獰惡地笑著。

「你們不想造反了吧？」他矯飾地低聲問道。

我們沒有回答。他忽然厲聲咆哮起來：「回答我的話——你們還造不造反！」

有些官長很喜歡這一套的，問一句，要士兵跟著回答一句，而且聲音要響亮。我們終於回答了，聲音雖然低，但是「狗熊」很滿意。他叉開腿站穩，舐了舐嘴唇，然後開始向我們訓話。這篇又臭又長的講詞我忘了，但「開明專制」這個名詞永遠記得。

總而言之，他說軍隊是不能講民主講道理的，服從第一！因為「軍隊就是軍隊」。

「所以，」他轉換了另一種語調來結束他的話，「我帶兵就講究『開明專制』！開明專制就是比民主專制一點，比專制開明一點——懂了沒有？」

「懂了！」

「說大聲一點——懂了沒有？」

「懂了！」我們只好大聲同答。

晚上點名的時候，連附宣佈駕駛班解散，把我們分發到各排去：「水牛」和「馬拉仔」撥到第一排，我和劉潔撥到第二排。第二排排長就是在昆明報名時的那個中尉。連附訓完話，走了之後，照例各排帶開，再讓排長排附訓話，然後，各班的班長副班長也循例意思幾句。

我和劉潔編在第三班，班長姓田，是個討厭湖北人的湖北人，為人誠懇和善；副班長一望而知是個老粗，難得洗一次澡，說話之前，總是習慣地吸吸鼻子，他第一次向我們說話的時候，就開了一個很有趣的玩笑。

「班長說他是八頭鳥，」他捲著舌頭說他的貴州土話：「一點也不錯！他不像九頭鳥！我呢，一看就是個貴州苗子，你們就乾脆叫我苗子好了！」

那天晚上，我們仍然住在原來的帳篷裡，大家見了面，相對苦笑一番。

「這就是所謂秀才造反了！」我向他們說。

開明專制

飛機降落丁江的那一天，我們在機場已經從一位駐印軍同志的嘴裡，知道我們要到蘭姆加軍區去。那位同志穿著英式的軍服：黃色十字布的襯衣，寬腰帶，短卡嘰褲，黑色的大皮鞋，打著呢綁腿，最引人注意的，就是他頭上戴著一頂寬簷的大通帽，那副神氣就像一個非洲探險家，使我們羨慕不已。因此，當我們住在竹林裡等候出發的時候，幾乎天天在談論蘭姆加。而「馬拉仔」沒事的時候，總是東鑽西跑，向那些派在丁江服務的駐印軍同志探聽，然後裝模作樣地把那些資料轉告我們，而且逐日加以補充，當然，其中有些是他捏造的。

那天黃昏，出發的消息突然來了，最初，我們以為一定有車子送我們到火車站去，因為我們已經知道火車站離我們住的地方，有一段不算短的路程，但是等到隊伍整理好了，才知道是要步行到火車站去。一方面由於天色已黑，同時連絡不夠，所以只顯得一片混亂，到處都擁塞著不同番號的隊伍，沿著一條泥濘的車路，在黑暗中向火車站進發。

官長們的手電筒到處亂晃，同時粗聲大氣地吆喝著；落了伍的人在叫嚷；被別人踩痛了腳的在詛咒……

我和劉潔走在「苗子」的後面，緊拉著手。當前面的甚麼人想然滑倒而引起一陣紛擾之後，他用一種奇異的聲調向我說：

「像這種情形，開明專制也沒有辦法了！」

我回過頭去望他，但看不清他的臉。

「你在想甚麼？」我問道。

他沒有回答。半晌，他發出一種令人不快的笑聲。

「你以為我在想甚麼？」他反問。

「總不會想蘭姆加吧？」

「我才沒那麼幼稚呢！」他沉鬱地回答：「過兩天就到了，我想它幹甚麼？」

其實，我知道他在想甚麼，在笑甚麼，只是不願意說出來而已。我們轉出一條較為寬闊的公路，路面雖然也有些泥濘，但比剛才那一段路平坦得多了，而且我們顯然已經走出了林子，可以看見遠遠近近的一些燈光。

「大概快要走到了！」我興奮地說。

他用力拉了我的手。

「甚麼事？」我問。

「你沒有怨我吧？」他低聲說。

「我怨你甚麼呢？」

「是我拉你到印度來的！」

「哦……」我不住笑起來，「你還沒忘掉那件事啊——我不騙你，我在家裡，也時常挨父親打的。」

「可是，不是像……這……這樣……」

「開明專制！」

副班長不知道在甚麼時候已經走在我們旁邊，他平靜地接住我的話：

「你們的運氣已經算不錯了！」他夾著難聽的貴州土腔，用他自己的語法說下去：「碰到連排長都是軍校教育出身的，這種開明專制已經不夠了！我當兵的時候呀，連長是招了安的土匪，排長就是他的娘舅，長得比我更不像人！呃，我雖然不識字，你們的假條報告還看得懂吓，他呀，連個『准』和『不准』都畫不來！有一次，一個新兵不懂規矩，上了一個報告，結果晚點的時候就挨了二十軍棍，屁股開花！」

他大概知道我們聽不明白他的話，於是吸了吸鼻子，解釋道：「因為他不識字，所以他說那個新兵故意瞧不起他！」

我們沒有話說了，心裡想：比較起來，我們這種「開明專制」，至少要比「苗子」當兵時候的「開明專制」，要「開明專制」多了。

約莫走了一個鐘頭，總算走到了一個小小的火車站。再經過一陣連絡，我們第二排分配到一節車廂。車廂的大小就和臺灣的火車差不多，只是稍為短一點，車廂與車廂之間是沒有過道可通的，座位是硬背本椅。我們平均三個人佔到兩張木椅，大家輪流坐臥。因為不知道開行的時間，而且也走累了，所以閒談了一會，便不知不覺地熟睡了。

第二天醒過來，發現火車仍然停在原處。

除了我們這個營的第一第二兩個連，同車的就是甚麼師管區的兩個補充營。他們穿著黃色粗布棉軍服，布綁腿大概是太短了，只打半截，看起來比軍服那種鴨屎黃色更使人發生反感。從舉動上看，他們是標準的「土包子」，而且毫無紀律。官長們都存著一種心理，反正要補充出去的，要管就讓別人去管。我們這列專車的領隊官，就是他們的團長——一個官架子十足的上校；馬刺擦得雪亮，個子和我們的「拿破崙」差不多，但比「拿破崙」結實。

出發之前，他先召集各部隊長，訓示一番。連長回來之後，便由值星官（第一排的「大」排長）傳達各排：列車停靠沿途各站時，絕對禁止下車，同時，特別注意紀律和禮節，不要在外國人面前「出洋相」。

「誰丟了人我就揍誰！」他重複著這句話。

在三個排長裡面，他是最「狗熊」的。他長得人高馬大，滿臉威嚴。後來我才知道，在任何一個連上，第一排的排長總要比二三排的排長「大」一點，神氣一點的。上一次他當值星官的時候，我們還在昆明巫家霸，那一個星期我們吃足了苦頭；早上跑步時他不像「拿破崙」那麼討巧，跑操場當中，而是跟著排頭跑，結果我們差點跑斷了氣，晚上一訓話就是個把鐘頭，還不許咳嗽。現在又輪到他，我們心裡實在不是滋味。發到他那一排的「水牛」，在早飯時悄悄向我說：

「看樣子，這一路又有得『開明專制』了！」

「開明專制」已經變成了我們的通用語，甚麼都用得上。

「你們的排長還『開明專制』吧？」他又關切地問。

「還好，不大『開』。」我回答。

「他最好不要專門惹我，」他認真地宣示道：「他一惹，我羊癲瘋一發，就夠他受的！」

「你有羊癲瘋？」

他狡猾地笑笑，走開了。

九點鐘光景，列車啟動了，走得很慢。約莫半個鐘頭，經過一個叫做「洞姆洞馬」的小站。因為鐵道經過市街，我們都擁擠到車窗前去看，當列車緩緩地駛過較為熱鬧的地方時，有好些華僑在路旁搖著小國旗，歡呼著向我們招手，一面將糖菓餅乾和萬金油一類的東西，投進我們的車廂裡來，令人萬分感動。可是，掃興得很，前面車廂那些「土包子」，卻為了搶奪這些東西而糾打起來了。後來，我們經過其他站，都受到這種熱烈的歡迎，不過，我再沒有勇氣去看和接受了，因為那些傢伙變本加厲，除了爭奪打架，還像一群餓殍似的伸手去乞討。

劉潔的自尊心和我不相上下，他顯得比在丁江挨打時更難過。

「我真恨不得狗熊去『開明專制』他們一頓！」他痛心地詛咒道：「連我們的臉都丟光了！」

我深具同感，同時第一次為自己能夠接受這種「開明專制」的教育而引以為榮。

婆羅門之子

印度人稱布拉馬普得拉河為婆羅門之子，而婆羅門則是印度四大階級的最上層階級，因此，這條河本身就含有尊貴的意味。它源出鄰接中國西藏的阿薩密省，然後與其他支流滙合，流入孟加拉灣。

河面相當寬闊，流水湍急而黃濁，黑色的海豚在河面上翻躍，有一種神奇的情趣。

從丁江開始，列車時行時停，第二天晚上到達潘都。潘都就是布位馬普得拉河東岸的一個小城市，房屋依山而築，異常幽雅。因為我們在這兒要下車改換交通工具，乘船到西岸的都布呂，所以那天的晚飯，我們得趕到潘都才能吃，結果到達的時候，我們幾乎餓壞了。但這一頓晚飯，卻是永生難忘的。

這兩天來，到了吃飯的時間，列車便在車站上停下來，配發給養，由我們的炊事兵自己燒飯，吃完了再繼續進發。但，這次由於趕路，到達時已晚，所以晚飯則由當地的印度兵營替我們準備。

在同一個時候，要開出上千人的飯，實在是一件不可思議的事。可是當我們挑著籮筐，跟著那個印度連絡人員走進一間屋子時，我們被眼前的景象嚇呆了；在這間倉庫裡面，聳立著一座熱氣騰騰的飯山，它至少也有丈把高；幾個赤著腳的印度伕子，站在蓆地上，用圓鍬替我們把籮筐盛滿。湯菜也早已燒好，一連人一大鍋，開飯的地點就在一個大場子上，四周圍舉著火把，照耀得如同白晝。直到現在，我仍然想不出那堆「飯山」是怎麼煮出來的？

飯後，隊伍便結集江邊，魚貫登船，然後在午夜啟碇進發。

我們所乘的船，就和美國電影上看到的密西西比河上的遊艇一樣，不過比較大些；船的兩邊，有兩隻巨大的輪形推進槳，走起來十分安穩。我們這一連被分配在頂層的甲板上，艙面拉著帆布篷，我們把毯子鋪在甲板上，大家擠在一起睡。

開始的時候，我們還靜靜地傾聽那些大兵臉紅脖子粗地辯論這條河是「江」？是「海」？還是「洋」？因為他們都是第一次看見輪船。我們無從插嘴，當這場辯論沉寂下來之後，我仍然無法入睡。我可以感覺得到，船身在微微地有節奏地顫動，沁涼的江風掀動著布篷，我凝望著黑暗的篷頂，漸漸地，似乎可以窺見一點點星光，從遼遠的天際透射下來，遠處隱約傳來沉鬱的漁歌，我躺在駁船的玉蜀黍上……我想，在這個季節，越南紅河一定很寂寞的……

我想起童年的生活：海，曾經迷惑過我；美術，也曾經使我瘋狂。但我現在所選擇的，是一條甚麼樣的路呢？我不知道。也許我永遠不會知道。就如同天上的流星一樣——記得我第一次看見流星的時候，就想過這個問題。

「這是一個人死去了。」當時母親很認真地向我說。

「是甚麼人呢？」我困惑地問。

「不知道，每一個人頭頂上都有一顆星的。」

「我也有嗎？」

「當然！你的一顆星是最大的！」母親向我指示著，「喏，你看，就是第一顆，最大的那一顆！」

從那天開始，我時常注視著那一顆星，我還喜歡一邊走，一邊仰起頭去看它，因為它也跟著我一起向前走……

「你還不睡？」

我醒覺地回過頭，發覺劉潔已經坐起來了。他把毯子裹在身上。

「真奇怪，我老是睡不著！」我說。

「想家？」

「早就不想了！」我問他：「你呢？」

「我也不想！」他淡淡地說。

在昆明的時候，我雖然時常和他在一起，但我們很少提到家。我只知道他是祖母扶養大的，還有一個弟弟；至於我，他也不過只知道一個大概而已。我們在逃學的時候談了些甚麼話，我完全忘了，大概只是些毫無意義的閒話吧。可是這個時候，我卻把剛才我所想的告訴了他。

「你比我好，」他感傷地說：「我八歲以前的事情，連一點印象都沒有了——我只記得一件，就是我父親去世的時候，他捉著我的手，我嚇得哭了起來……」他深深地吁了口氣，昂起頭。

「那個時候，我只有四歲！」

「……」

「你最早的記憶是甚麼呢？」

「只想起一半，說不定連那一半也是我的幻覺。」我說，「奇怪的是，那個印象有一部份很模糊，另外一部份又非常清晰：我記得那是一個早上，有很濃的霧，我和母親坐在一條小船上——連船伕只有三個人，到對岸一個甚麼地方去燒香，我隱隱聽到清越的鐘聲。一直到現在，在靜寂的時候，我仍然能夠聽到那種聲音，所以我懷疑這是我的幻覺！」

「你們家是信佛的？」

我點點頭。

「這樣說，你真是有緣了！」他說：「現在我們也是坐著一條船，到一個地方去進香——你知道是甚麼地方？」

我一時不明白他指的是甚麼，因此沒有回答。

他笑起來了。

「印度就是佛教的發源地呀！唐三藏不是走過火燄山，盤絲洞，到這兒來取經的嗎？」

在「馬拉仔」的「資料」裡面，就提到過唐僧取經的地方，說是就在蘭姆加附近，佛祖釋迦牟尼就在那兒得道的。我突然這樣想：假如我那個記憶不是事實，也不是幻覺的話，該是一個預感了！

加爾各答的活劇

這天的下午，船便抵達都布呂，下了船，再乘火車進發。不過，火車已換成寬軌的大火車，車廂裡面，設備非常講究；車內有四排座位，鏤花的扶手，鋪著光潤柔軟的紅絲絨椅套，在行李架的下面，有一個特殊裝置的緊急停車拉環，拉環旁邊有一塊英文牌子，上面寫明「無故拉此環停車者，處罰盧比六十盾」。因此，在車子開行之前，連絡官便向大家特別關照，千萬別去拉那個環子。可是當列車開行之後，半個鐘頭之內，列車接連地緊急停車兩次。原來那些「土包子」不信邪，他們要試一試，看拉了這個鐵環，火車是不是會停下來。最後，在一種無可奈何的情況之下，那位高個兒連絡官只好向司機解說，請他不要再理會這種可能還會繼續發生的訊號。

幾個鐘頭之後，鐵路轉了方向，列車向南直下，在第二天的黃昏，抵達加爾各答。落日在這座大城市的背後燃燒著，城的四周，升著十多個銀色的大汽球（樣子就像德國的興登堡號飛艇一樣），顯得格外壯麗。在國內的時候，我們以為到印度，就是到加爾各答，現在才知道僅是路過而已。從加爾各答到蘭姆加，還有一夜路程。

當時為了某種原因，列車停在車站外面，避免我們和外界有所接觸。但是這一停，卻停到午夜，仍舊沒有開行。我們由於連著坐了幾天的火車，同時在心裡渴望著早一點到達目的地，所以更加無法入睡。在這期間，因為飲水用盡，曾經有些士兵偷偷地下車，到站上去取水和購買香煙食物，「馬拉仔」就趁著這個機會逃亡了。

發覺的時候，列車已經開行。這件事情對於「狗熊」來說，是一種使他無法忍受的恥辱。因此，他由盤詰而將目標轉移到「水牛」的身上；開始時候，「水牛」極力抑制著，他承認自己曾經到車站上購買香煙，但，他否認事先知道逃亡的事。

「假如我知道，我也許會跟他一起逃了！」他分辯道。

「可是有人看見你是和他一起去的！」排長用手指著他，繼續在咆哮：「你賴不了！」

「我沒有賴，一起去的人還多著呢，假如我有嫌疑，那麼其他的人都和我一樣有嫌疑。」

「但是你和他最要好！」

「我和他要好也犯法嗎？」「水牛」理直氣壯地問。

他的話還沒說完，「狗熊」的手掌已經摑到他的左頰上。因為我們和第一排同在一個大車廂，所以看得很清楚。「水牛」的身體晃動了一下，他開始有點按捺不住了。

「跪下來！」大排長厲聲命令道。

但，「水牛」並沒有跪下，相反，他緊緊地捏著拳頭，微低著頭，一步一步向「狗熊」逼近。

「來吧！來吧！」他含糊地重複著這句話：「來吧！」

就在「狗熊」正要動手之前，「水牛」的右拳已經擊中他的小腹了，他一彎腰，「水牛」合著手向上一兜，排長便驟然向後仰面倒下去。

整個車廂頓時騷動起來了：我們的排長、排附，以及第一排的幾個正副班長一起向「水牛」圍過去，「狗熊」也慌慌忙忙地爬了起來。我們正在替「水牛」擔心，可是，他的手和身體忽然劇烈地痙攣起來，臉孔也被扭曲了，他發狂地嚎叫著，跳撞著，然後倒在地上，猛烈地踢動著腿，口裡吐著白沫……

所有的人都被他這種突如其來的舉動呆住了，「狗熊」他們瞪著他，反而不敢走近去。這時，我才驟然記起那天在丁江車站吃早飯時，他向我說的話，放是我大聲喊起來：「他發羊癲瘋！」

他們回過頭來望我，我走過去。

「他告訴過我，」我正色地說：「他有這個毛病，一受刺激就要發的！」

於是，這場活劇（事實上果然是活劇）總算是收場了。士兵們連忙把「水牛」抬到椅子上，七手八腳地救了好半天，才把他救醒。結果，「狗熊」為了自己的面子，只好承認「水牛」是發了「毛病」才動手打的，非但沒有處罰，反而批准了一個禮拜的全休病假；而且，以後對待他總是客客氣氣的，生怕他再發毛病。

到達蘭姆加的那天，「水牛」在廁所拖住我。

「我說的話沒錯吧？」他詭譎地問。

「你說甚麼事情？」

他向四周望望，然後低下嗓門說：「羊癲瘋！」

「羊癲瘋？」我望著他，心裡忽然有點害怕，但他卻露出一種玄惑的笑意。

「你以為我真的發羊癲瘋呀！」他說。

「哦……那麼你是裝出來的？」我忍不住問。

「當然是裝的！」他挨近我解釋道：「容易得很，你只要不呼吸，頂住一口氣，臉就脹紅了——不過，你得先在嘴裡多準備一點口水。然後，發抖，裝瘋，叫！差不多了就倒下來，然後就亂踢亂爬，翻翻眼睛，吐點吐沫！別人一見你這個樣子，已經嚇壞了，誰還管你是真是假！」

我愣了好一會，才低聲問：「這是誰教你的？」

「一個同班同學。」他笑著回答。

「他又是誰教的呢？」

「他的哥哥，他時常看見他哥哥發，就學會了。」他說，「容易得很，你不妨試試看！」

「我不敢試。」

「怕甚麼？這又不是真的！」

「可是我怕別人當真救，灌上一碗小便那就慘了，」我故意說：「我看見過一個人發這種病，給按在地上灌小便呢！」

「哦……」「水牛」摸著下巴，不響了。不過，後來他雖然受過很多刺激，卻再也不發這種毛病了。

麻褐色的比哈爾

列車在天亮之後進入比哈爾（Bihar）。比哈爾是印度一個比較貧脊的省份，它給我的印象是荒涼而寂寞。鐵路的兩側，有些光禿的小山，稀疏的樹林和田莊，雖然已經是早春，但土地上仍然呈現著一片枯燥單調的褐黃色，酷肖一個病漢的面容。

我想：假如土地上長些草，隱現著一些牛羊牲口的話，那就很容易使人聯想到國內西北的大荒漠了。但，天色藍得使人膩煩，太陽像是一個在顫動的大火球：它很快地向上升騰，不知不覺間，空氣中已經充溢著一種焦灼的氣味了。

「這只不過是春天呢！」劉潔一邊拭著鼻端上的汗珠，一邊舒緩地說。

「你在寫詩嗎？」我怠倦地問。因為他近日來整天地沉迷於他的詩作，時常在我熟睡的時候搖醒我，然後用他那「注滿了感情」的沙澀的聲音唸給我聽。

「這一首怎麼樣？」

「好極了！」

「甚麼地方好？」

「我也不知道！」

這就是我「欣賞」他的詩時千遍一律的對白。但他並不感到遺憾，他認為詩的好處就是使你不知道哪兒好，而你卻喜歡它。在他那本小冊子（丁江那個印度小店老闆為了找零頭推銷給他的）上，的確有幾首是我所喜歡的，後來在軍區的油印報上登載過兩首之後，由於受他那種太濃的詩人氣質感染，我也偷偷地模仿著寫。

坦白點說，除了他的詩，七言五言這一類的舊詩——包括「床前明月光」在內，我最多只能背出五首。在越南僑區的國文教育，水準是很低的，國文課本裡的文言文，太多都被老師剔掉不教，我記得離家後第一次寫家書時，就曾經把課本上的一封信加頭換尾地照抄不誤，因此，我回國後選習美術，除了興趣，也包含有逃避的因素在內。但，人生就是這樣的，當我那麼天真地寫下我那些幼稚的「詩」時，我作夢也沒有想到，七年之後，自己竟然以寫作為職業。苦儘管苦，仍然樂此不疲；所以按規矩說，劉潔應該是我的啟蒙恩師了——至少，是他影響我走到這條路上來的。

但是，在那個時候，他的詩卻是我取笑的材料。

「你也為泰戈爾寫一首嗎？」車子過了一個小站，我問。因為他又在低頭疾書，而那個小站的名字叫「泰」甚麼的，使我突然想起了他的泰戈爾。

「寫了一首，」他抬起頭，眼睛驟然明亮起來，「叫做『朝聖者』，第一句是，呃，有點像拜崙『哀希臘』中的一句——聖者，我由黑暗的夢的禁域，投奔你而來！」

「很有氣派！」

「我想瞻仰過他的故居和墓地之後，再寫兩首。這一首是之二。」

「你以為我們有機會去嗎？」

「怎麼會沒有？總有放假的時候吧！」

「我看軍隊的假不會像學校的假，隨便你走的。」

他笑笑，表示並不同意我的話。

由於車廂顫動得太厲害，他不得不把右手緊緊地壓在小冊子上寫字，樣子顯得十分吃力。我湊過頭去，但連一個字也看不懂。

「你在畫甚麼？」我好奇地問。

「寫一首給想像中的藍姆加！」

「哦！」

「我計算過了，還有三個鐘頭就到，」他認真地說：「到了之後，我再寫一首，給真正的藍姆加——呃，你想，藍姆加應該是個甚麼樣子？」

我並沒有立刻回答他的話。閉起眼睛想了想，但是我隨即又把眼睛睜開，看看窗外那片被太陽的熱力蒸發得在微微晃動的原野。

「麻褐色！」我說：「我畫畫的時候，就最不喜歡用這種顏色！」

「你說甚麼？」他似乎聽不懂我的話，等到我把話再重複一遍之後，他叫起來：「好極了！麻褐色的！」

說著，劉潔又開始改他的詩。打盹的人都醒了，大家都望著窗外，時間過得比往日都慢，好不容易才挨到中午。列車進入一片丘陵地，才逐漸現出一些樹林和村落，還有些紅鐵皮瓦的建築；直到列車在一個小湖邊的小站上停下來，下車集合的哨音驟然在月臺上響起來的時候，我們才知道已經到達了我們朝夕盼望的目的地——蘭姆加！

這兒就是蘭姆加嗎？我舉目四望，幾乎瞧不見半幢樓房，或者三間連在一起的屋子。從神色上看，我知道其他的同伴和我一樣地感到失望。

「也許蘭姆加離車站還有一段路吧！」劉潔一邊拉緊他的褲帶，一邊喃喃說。

「就像丁江一樣！」我懶懶地回答。

「別失望得那麼快呀！」

我無可奈何地笑笑。

等到部隊在月臺上集合好，點過名，連長才向我們宣佈一件事。

「現在我們大家要在這兒等一些時候，連絡官正在向車站方面交涉，因為他們把車廂椅墊上的紅絲絨統統撕掉了！」

我知道連長所指的「他們」，就是那兩營土包子。我難過得幾乎連頭都抬不起來，我不明白，一塊紅絲絨對他們有甚麼用處？

「大概他們想留下一點紀念品吧！」連長命令我們坐下之後，我忍不住嘀咕起來。

對於諷刺一件事物，劉潔的思想總是最尖銳的。他說他也想留下一點紀念品來紀念這一段旅程，那就是要扭下那個帶隊官的頭。

「以後國家鑄造甚麼榮譽勳章時，」他詛咒道：「就拿這個頭來做圖樣！」

當天晚上，劉潔就用「一方紅絲絨」為題目，寫了一首諷刺詩。

這件事情大大地傷了我們的自尊心，當部隊走出車站時，我低著頭，不好意思去看車站上的印度人，尤其是那個穿白色制服的，滿臉不屑之色的英國站長。

出了站，是一條並不十分寬闊的公路。我們在這條堅硬的沙石路上走了幾分鐘，就可以著見左邊一塊空曠的坡地上，搭有幾十列整整齊齊的小帳篷，帳篷的樣式，和我們在丁江住過的一樣，有好些穿黃軍服的士兵跑出來向我們看。

我正在想：我們不會住在這些帳篷裡吧？走在前面的隊伍已經轉向左邊的小路上去了。

驟變

蘭姆加有很多寬大的磚造營房，設備相當周全，還有一個游泳池，和一座相當大的戲院，這些帳篷是專門為了安頓剛到達的部隊的，大家都叫這個地方為帳篷區。如同在丁江時一樣，我們八個人分配到一個帳篷。半個鐘頭不到，一隊十輪卡車來了。起先我們還以為這些車輛是載我們到蘭姆加去的，後來才知道是裝來了我們的新軍服。

在國內，當時能夠穿得起卡嘰布的，可以說是相當體面的了，一般人大都是穿土布衣服，車胎底的小牛皮鞋；而我們每個人竟然領到一大堆東西：一頂軍帽，兩條軍長褲，兩條短褲，兩件襯衣，兩套內衣褲，一件銅扣子大禮服（這件衣服我們只穿過兩次；一次是何應欽將軍到印度校閱，一次是誓師反攻的大集合），兩雙白色長統羊毛襪，和一雙足足有兩斤重，穿十年也穿不壞的長統黑皮鞋；另外，還有一塊包裹行李的長方形膠布，和一頂蚊帳。

我們身上那套灰棉軍服，早就臭得不堪入鼻了，所以當我們迫不及待地要穿上新衣時，集合號又響起來了。原來在穿上新衣之前，我們要經過一次徹底的消毒；空場上不知道在甚麼時候已經開來了幾輛救護車，旁邊搭起了布幕和木架。我們脫光了衣服，依次走進布幕，混身上下噴射一次消毒藥水，然後走出布幕，把雙手分搭在兩邊的木架上，讓站在兩旁的四位美軍軍醫注射四針防疫針。由於人數太多，打針的速度快得駭人，只見手起針落，當你失聲喊痛時，後面的人已經代替了你的位置。

誰知道這四針防疫針卻比「狗熊」的「開明專制」還厲害，當天晚上，就有半數的人起了反應，第二天，就連「水牛」這種鐵打的硬漢，都得乖乖地躺下來。由於雙臂腫疼，早已動彈不得，再加上瘧疾似的寒熱，更是苦不堪言。結果，全連病了三天，才逐漸恢復元氣。自從受過這次教訓，以後只要聽到防疫注射，便會魂飛天外，想盡辦法逃避，但是誰也逃不過。

第二天黃昏的時侯，我已經勉強可以爬起來了，劉潔和另外幾個同伴還躺在離地五寸高的木板床上呻吟。我搖搖晃晃地走出大操場，驀然發現那兩營「土包子」，不知道在甚麼時候開走了，四周顯得格外寂靜。

原來這個帳篷區是分為兩個區域的，我發覺左邊的幾列駐有一個部隊，因為那些帳篷的繩索都是拉得緊緊的，地面上打掃得很潔淨，操場上還豎著一支旗桿，怪不得這兩天我們聽到出操的聲音。大概那正是休息的時間，我向那邊走過去時，看見圍著好些人在談天。

雖然衣服相同，但一看便可以分出誰是新來的，因為他們腰上都扣著一條很寬的帆布腰帶，頭髮也比我們的長得長些。相談之下，原來他們正是防空學校高射砲獨立第二營的，比我們早到三個月。他們是和獨立第一營調來的，由於英軍的高射砲部隊相當多，所以他們已經被改編為另外一個兵種——兵工營，直屬史迪威總指揮部。

「看樣子，你們也要改編的。」其中的一個人向我們說。

我望望另外幾個同伴，心裡不知道是甚麼滋味。

「其實，甚麼部隊都是一樣，」那個人繼續說，微微帶有點勸慰的口吻：「我們剛被改編的時候，心裡還不是不舒服，過幾天也就不覺得怎麼了——不過我聽說你們要改為裝甲兵！」

「裝甲兵？」我驚異地重複著這三個字。

「嗯，」他說：「現在這裡甚麼兵種都有了，步兵有三十八師，二十二師，還有三個砲兵團，輜汽六團和騾馬輜重兵園，憲兵也有一營，其他的都齊全，就是沒有戰車部隊！」

另外一個圓臉的傢伙打斷了他的話：「那裡，第×營房不是剛剛成立了一個戰車訓練班？」

「對啦！」原先說話的那個人說：「他們改編了不是正好！」

忽然，號音響了，他們急急地向那邊跑，我回到帳篷，把這個消息告訴劉潔他們。消息很快地傳出去了，晚上開始第一次晚點，能起來的都被拉了起來。連長很高興地向我們證實了這個消息。

「不過，」他補充道：「這個消息是從第二營聽到的，我們還沒有接到命令，大概這兩天就可以決定了。但是，不管改編成甚麼部除，我們仍然是屬於防空學校的！」

兵工營那邊開始唱防校校歌了（這是晚點時的儀式），我們便跟著唱起來。

這天晚上，我們的「病」像是都好了，大家都睡得很遲，官長們都到第二營那邊找他們的同學話舊去了，每個人的心裡面，都有一種奇異的感覺：有點激動，也有點惶惑。

第二天的中午，突然開來了好些車輛，只看見官長們聚集在連長住的大帳篷裡，像是在討論非常嚴重的事。接著，我們突然發現帳篷四周都佈起武裝的衛兵了。

「總不至於把我改編為炊事兵營，叫我們統統當伙伕吧？」劉潔憂慮地低聲說。

「別胡扯，」田班長馬上制止他：「世界上就沒有炊事兵營這種編制！」

「那麼，我們在潘都吃的那頓晚飯，是幾個人燒出來的呢？」

我們都笑起來了。但是劉潔的神情卻非常嚴肅，他沉吟了一下，繼續發他的妙論。

半個鐘頭之後，官長們走出來了。他們的臉色都很沉重，看見我們圍在外面，只是溫和地低聲叫我們回到帳篷去。原來我們這個營並沒有改編為裝甲兵，而是分批撥到別的部隊去。排長說完，謹慎地從衣袋裡掏出一張名單。

「我們馬上就要分散了，」他痛惜地對我們說：「不過你們要知道，我比你們更難過，因為你們補充到別的部隊上去，仍然可以照樣幹，而我和其他的官長，卻無兵可帶了——我們要到軍官隊去當不做事的附員！」

沉默了一陣，排長勉強發出一絲苦笑。

「你們以後放假的時候，可要來找我談談天啊！」接著，他又拿起那張名單，告訴我們要撥到甚麼部隊。

顯然是事先經過周詳計劃的，我們這十幾個「知識分子」，和水準比較高的士兵，補充到兵工營去。集合分發的時候，我發覺我們的劉「詩人」哭了，當兵工營派來的官長將我們帶走時，他瘖啞地望著我說：

「我在替『狗熊』難過——哦，還有『拿破崙』，他們都是很好的官長呢！」

「你寫一首詩紀念紀念他們吧。」我誠摯地說。

「那當然，我已經打好腹稿了！」

後來事實證明，劉潔這一次說的，並不是俏皮話。

兵拜上等

兵工營是採用美國的制式編制，它相當於一個兵工廠，但，卻是機動的；作戰的時候，它處於介乎前線與後方之間的地位。它共有四個連：觀砲修理連、輕兵器修理連、庫儲連（兼有爆破等特殊業務）和本部連；本部連只有兩個排，一個特務排和一個駕駛排，我和劉潔等九個人便是補充到這個駕駛排裡。

剛換了一個新環境，就如同剛進入一所新學校一樣，感覺上總是不大自然的，連說話都感到拘束，這些新同伴對我們的關懷和親切，反而使我們覺得不安。那天早上，我們呆呆地坐在小帳篷內，寂寞而愁悶，有被遺棄的感覺。

劉潔忽然低聲問我：

「你又在想甚麼？」

「我在想『狗熊』和『拿破崙』他們，」我回答：「我現在才發現，我對他們根本就沒有甚麼惡感。」

「人總是這樣的，離開了，甚麼都好了！」

「你不想他們嗎？」

他並沒有馬上回答我的問話，思索了片刻，他忽然以一種舒緩的語調說——向他自己說：「我還記得，當我第一次讀了雷馬克的『西線無戰事』……」

「那本書我沒有讀過。」我說。

「將來有機會，你可以找來看看。」

「它寫些甚麼？」

「戰爭！」他注視著我，說：「剛才你問我想不想『狗熊』他們，我忽然記起書裡面的一句話：他說，在軍隊裡面，最好不要對同伴發生感情。」

「為甚麼？」

「最初我也不懂是為甚麼，不過現在我懂了一點！」他微微地笑了，「因為你對『狗熊』他們發生感情了，所以現在你覺得難過了──假如有一天你眼看著他們在你的身邊死去呢？」

有一段很長的時間，我幾乎透不過氣，而那種冷漠的笑意仍然浮泛在他的嘴角。

「怎麼啦？」他問。

「你說這些話，像是很輕鬆似的！」我用一種含有責備意味的口吻說。

劉潔正要回答，駕駛排已經收操了。他們提著步槍，喘息著回到帳篷裡來。當我們要站起來讓開位置給他們時，他們連忙伸手阻止。

「你們坐吧，我們不累。」其中一個瘦小的傢伙一邊解開衣鈕，一邊說：「大概吃過中飯，就要給你們分發了！」

「分發到甚麼地方？」我詫異地問。

「各班呀，」他說：「我們這個班只有八個人，還差好幾個呢！」

為了怕我們不懂，他慎重其事地向我們解釋，說分發到駕駛排有甚麼好處。

「要是分發到別的連上呀，就苦了！」他繼續說：「別的不講，至少薪餉也比別人高一點。」

原來在部隊裡面，駕駛兵算是「技術兵」，待遇要比一般的士兵高；普通的二等兵，每個月可以領到六盾半盧比，一等兵七盾半，上等兵八盾半，但是駕駛兵卻一律發二十盾。這個數目，要比士階級的薪餉還要高，其「地位」可以想見了。

從十二歲開始，我已經能夠掌著方向盤在馬路上駕駛汽車了（因為腳不夠長，所以油門是舅父替我踩的，不過，那只限於他喝醉了酒之後，不然，他那輛雪鐵龍牌法國小跑車，連摸都不許我摸的），所以他們認為我很有希望補上一個駕駛兵。

「駕駛兵是甚麼階級？」我急切地問道。

「階級？」他想了想才明白過來，「哦，起碼也是下士呀！」

外面吹號了，是吃飯號。後來我聽了兩個月，才聽懂號聲。不過，也有幾種號聲，是用不著記便懂得的，正如去學一種新的方言罵人一樣。當我們拿著搪瓷飯碗跟著那些「老兵」到廚房去時，我偷偷地向劉潔說：

「如果是下士的話，我寧可當上等兵。」

他似笑非笑地望了我一眼，「那麼就趕快祈禱吧！」

憑良心說，我並沒有祈禱，但是竟然如我所願，我補上上等兵的缺；可是美中不足的，卻是符號下寫著「上等藝徒」。那個「徒」字傷了我的心，因此後來除非不得已，我總是避免把符號在胸口上掛起來。

午飯後，值星班長把我們九個「新兵」帶到排長的帳篷去，為了表示自己是「受過開明專制教育」的，我們站得畢直，敬禮時也充滿了精神。

排長姓崔，個子不高，白白胖胖的，稍稍帶點「娘娘腔」；排附姓張，高高瘦瘦，像隻鶴。他始終沒說過話，只是用他那雙棕色的，發光的眸珠望著我們，後來我才知道他在排上沒有地位，而且有點怕那姓崔的排長。

點過名，約略問了幾句話，便把我們撥到三個班上去，我和劉潔分在第二班。然後，他吩咐那位值星班長，要他先去給我們安置床位，然後帶我們去領東西和符號。

出了帳篷，這位值星班長告訴我們他是第一班班長，叫做韓國棟；然後又告我們另外兩個班長和副班長的名字。他身材矮而胖，曬得黑黑的，滿臉和氣，說話時也沒有那些「大班長」們的威嚴腔調。

但是我們第二班的班長卻是另一種典型——不如說是一個典型班長！當韓班長把我、劉潔和怕羞的陳美津交給他時，他只是對著我們皺眉頭。

「老韓，」他叫住正要走開的值星班長：「這是誰分配的？」

「排長，」值星班長隨口回答：「怎麼，有甚麼意見？」

我從他們的意態和語氣中發現一種不諧和的意味，同時，我不明白我們身上有甚麼使這位班長看不順眼的地方。僵了片刻，他終於冷冷地說話了。

「意見是沒有，」他拖著聲調說：「難道撥過來的九個，都是小姑娘？」

韓班長向我們笑笑（含有慰解意味的），然後走開了。我並沒有向身邊的兩位同伴看，但是我知道他們和我一樣忿慨，他竟然把我們看成「小姑娘」。

由於第二班原來只有九個人，已經住滿一個帳篷，所以他索性打發我們住到最末的一個空帳篷裡去。那個帳篷只有兩個人：一個高個兒和一個矮子。後來分發到第一班和第三班的幾個同伴（和我們的情形一樣），也安頓到這個帳篷裡來。

當我們三個人提著行李走進帳篷時，高個兒正躺在床上休息，矮子背著我們，像是在縫褲口的紐扣。看見我們進來，高個兒連忙站起來。

「歡迎！」他做作地伸一伸手，然後回過頭去向矮子說：「張洪光！聽著，放禮砲！」說著，他把屁股一蹺，一連放了一串響屁！

這種玩笑雖然有點過份，但是因為我們是新來的，只好陪個苦笑。

「千萬別見怪啊！」大概看出我們的心意，高個兒連忙解釋道：「我放屁放成習慣了，一叫就來，所以他們不要我跟他們住一個帳篷！其實，我放的屁一點也不臭！你們聞到臭味了沒有？」

「……」

「是吧！」他笑起來了，「響屁是不會臭的——呃，你們到第幾班？」

「第二班。」劉潔回答。

「好極了，我也是第二班的。」說著，他開始忙亂起來，他一手接過了我的行李，就放在他的床邊。

「這樣吧，」他說：「我們四個人住在這一邊，跟他們分開——你們知道為甚麼要分開？以後打掃時，拉帳篷和挖水溝時就不會亂了。」

我們依從了他。他開始熱心地幫我們鋪行李和教我們拉蚊帳摺蚊帳（這是住帳篷的基本技術之一），但，他不斷地發號施令，指揮著那個叫做張洪光的矮子拿這樣拿那樣，而張洪光卻絕對服從。我發現他們有許多口頭禪和動作都帶有點滑稽意味的，很像一對馬戲班裡的小丑。

等到我們把床鋪整理好，他才直起身體，拍拍手上的灰。

「哦，我忘了問你們，你們叫甚麼名字？」

我們把名字告訴他，他用手搔後腦（他的習慣動作），表示我們的名字不大好記。

「晚上我給你們取個綽號，比較好叫一點！」他認真地指著自己：「我叫做王立民，綽號是『傻吊』，他們替我取的，你們就叫我『傻吊』好了，用不著客氣！」

接著，他為我們介紹矮子：張洪光，綽號「張大郎」，是這個帳篷的「篷附」；他自己是「篷長」，這是他自己封的。當另外那三張空鋪也住滿了之後，他馬上列出一張屬於這個帳篷的輪流值日表，把他自己的名字放在最後。

黃昏的時候，我們領到了鋼盤、防毒面具、子彈袋和背包水壺等物，都是英式的。「傻吊」（不，「篷長」，很久很久之後，我們才改口叫他做「傻吊」）一本正經地告訴我們放置這些東西的位置，據說擺錯了地方便違反內務規則，最輕的處罰就是取消休假。

看見他和「張大郎」床上都放著一支步槍，於是我忍不住問：「我們有沒有槍呢？」

「怎麼會沒有，你們想不要都不成呀！」他叫道：「你真的喜歡槍嗎？」

「當兵總得有一支槍吧！」我回答。

「我真希望把我這一支給你！」他說：「你們現在還沒有吃到苦頭，它呀，比老婆還難伺候吶！」

後來雖然事實證明了他說的話並沒有錯，我們吃到了保管一支步槍的苦頭，但是我對我的那支三〇步槍並無半點厭恨。

果然，步槍和符號在晚上發下來了，我們三個人都是「上等藝徒」，月支薪餉八盾半盧比；雖然那個「徒」字不太高明，但是至少上等兵我是當成了。

人物列傳

如同去讀一部情節複雜角色眾多的小說一樣，最初的一個時期，我用許多時間去認識其中的人物，熟記他們的名字，了解他們的個性；但我在這裡所列出來的「人物」，是含有另一種意義的。

我始終不清楚我們的營長和營附是何許人也，我只知道他們就住在操場邊的大帳篷內，每天朝會，各連值星官把隊伍帶到大操場，報告了營值星官，等到營值星官把隊伍弄整齊，我們才看見他們一前一後地從大帳篷裡走出來。

嚴格點說，那位營附實在無足輕重，可有可無，我們從來沒有聽見他說過半句話。但我們的營長卻是大大不同。他身村雖然很矮，可是結實得像一頭牛；他的眉毛很濃，那雙炯炯發光的眼睛含有一種令人生畏的威嚴意味。他的脾氣很暴躁，對部屬非常嚴厲。據說在國內時常殺人，我還以為只是毫無根據的傳說，但是後來到了前方，才證實他確實是一個冷酷、榮譽感重於一切的舊式軍人。

那次事情是這樣發生的：由於一種成例，當時的官長（即使是一個起碼的排長）都有勤務兵服侍的，所以當美軍派了一位少校到我們營裡當連絡官時，營長照例派了一個勤務兵去服侍他。但是那位少校太講究民主，他和那個勤務兵同吃同住，提一桶水也說一聲「謝謝你」，有時甚至還服侍起那個勤務兵了。可是那位連絡官發現他的東西時常失竊，調查之下，證實了那些東西是這個勤務兵偷的，他便實實在在地把這件事情告訴我們的營長。營長當然勃然大怒，馬上集合了部隊，當著那位連絡官的面，用扁擔把這個勤務兵打死了。結果，害得那位連絡官病了一場，只好設法向總指揮部請調。

總之，我們都怕他，他也從來沒有故意接近過我們。西方人說：「東方人的領袖是神格化的。」從那個時候我就開始相信了。

至於我們的連長，除了階級和體型不同之外，他和營長是屬於同一典型的。他精力充沛，神采奕奕，訓話一兩個鐘頭，毫無倦容，除了他沒有說「開明專制」這四個字之外，他的作風和我們以前的那位「狗熊」大排長如出一轍。有一次，他半夜三更把我們集合起來訓話，原因是那天正好是他的三十「大壽」，感觸太多，睡不著。

他至少說了一個鐘頭的人生大道理，然後歸納起來，下一個結論。

「一過三十，」他莊重地說：「不論體力，思想，呃，一切一切，甚麼都不同了——我不騙你們，我剛剛過了三十歲零兩個鐘頭，」他看了看錶，增加他的話的可靠性，「我是半夜一點鐘出世的，呃，我已經感覺到不同了，我現在才覺得，以前的三十年——小的時候不算，讀書的時候也不算，至少也浪費掉十幾年，太可惜了！所以我不得不把你們拉起來。警告你們！要努力呀！一定要努力呀！一過了三十歲，就甚麼都不同了……」

說到這裡，他頓住了，由於那晚上星月無光，我們看不清楚他的臉——其實，誰也沒有心事去看他，我們站在後面兩排的人，幾乎一個靠著一個在站著打瞌睡了。那沉默的時刻，大概是哀悼他那已失去的「青春」，然後，他突然「奮發」起來。

「所以，」他驀然叫道：「從明天起，我要加倍努力，希望我們互相勉勵——完了！」

果然，從第二天開始，他便「加倍努力」起來了，結果苦了我們。他成天像個蜜蜂似的，到處閧，連操作後和飯後的休息時間，都認為是「浪費生命」，絞盡腦汁想些名堂來讓我們「努力」。

假如說我們痛恨我們的連長，那麼還有一個人比我們痛恨他更甚的，那就是我們的連附。

他是一個彪形大漢，吹毛求疵，虛張聲勢。他是廣東人，但從來不肯在我們這幾個同鄉面前說半句家鄉話，而他的國語發音又那麼生硬，所以輪到他訓話的時候，大家只好意會了。他的諢號也是叫做「狗熊」，後來我才知道，任何一個部隊裡都有一兩個「狗熊」的，只是程度不同而已。他和連長之間的矛盾，是那個叫做「黑屁股」的勤務兵告訴我們的，他們雖然同住在一個大帳篷（比我們住的帳篷大兩倍）裡，但各開各的伙，互相不說話。有時，他會在我們的面前指桑罵槐，指責連長私心太重——因為連部的司書，是連長的表弟，特務長是連長的小舅子。但是，當晚飯後第一連的紅臉連長和連附過來和他們打百分消遣時，他們又團結一致了；碰到一副好牌，「脫了對方的褲子」（打滿分的術語），他們便笑聲連連，聲震戶外。遇著這種情形，晚間點名的儀式便會草草了事，不然，熄燈號吹過了半天，我們還要立正聽訓。

說到排長，首先便要提到一個不知真假的傳說：說他是當勤務兵出身的，所以自卑感奇重；同時，他也似乎在刻意地端官架子，過官癮，找到機會，便施展一下他的權力。比方連長訓了一個鐘頭的話，那麼他至少也要訓個半點鐘；而他又是草包一個，毫無學識，所以聽起來乏味之至。不過，他平常仍然不大敢作威作福，因為駕駛兵們本來就是不好惹的，他心裡多少有點戒懼。也許是由於這個原因，他對排附就不免有點過份。而這位姓張的，高得像隻鶴的排附，正好又是一位好好先生，平常連脾氣都不會發，對他處處忍讓，於是他有時便故意捉弄他來滿足自己。

據「傻吊」說：出國之前，排附和他們是一起考進來的駕駛兵，大家都是沒當過兵的，後來營長要挑一個人出來當排附，因為他最高，站在排頭，所以就選了他。假如這是事實，也就說明士兵們為甚麼會不怕他的原因了。不知道從甚麼時候起，我們都管他叫「老百姓」，雖然這個諢號帶有譏諷的意味，但，他的確是個不折不扣的「老百姓」：帶我們跑步的時候，由於他長得太高，兩手貼在腰上，其姿勢酷肖一個黃包車伕，難看無比；喊口令時，總是喊錯了腳；出操的時候，他就靠一本步兵操典，連他自己都弄不清楚；後來他也索性不裝了，遇到打野外，便帶著我們到一些隱蔽的地方睡午覺，反正我們不是戰鬥部隊，懂不懂都無所謂，大家落得舒服。有一次，輪到他當值星官，朝會的時候，他好不容易把隊伍帶到大操場去，而其他各連已經恭候多時了，他心裡一著急，還沒喊立正，便像拉黃包車似的跑去向營值星官報告人數，結結巴巴地說了「第四連值星官張某某報告」之後，便忘了下文了，幸虧營值星官幫他的忙，替他解了圍，等到他魂不附體地跑回隊伍的前面，本來應該喊「稍息」的，他老先生竟然向我們敬了個禮，弄得全營人都忍不住笑起來。這次事情使他很傷心，對排上的事一律馬馬虎虎，得過且過。有一天，他不知道從哪裡弄了把破提琴回來，支支格格地學（沒有老師教的），而他的恆心和耐性又是那麼驚人，結果一有空，便開始殺鷄殺鴨地練習，後來總算給他找到那幾個音階了，儘管變聲變調，他又開始一拍子快一拍子慢地（有時還要重複一下，把那個音拉準確）奏他的華爾滋了。那種聲音是可怕的，咄咄逼人，不忍卒聽。我們曾經計劃過去破壞他的提琴，但是沒有機會實現。

除此之外，還有一種聲音使我受不了的，就是第一班的郭伯敏和我們第二班陳班長每天必定要對一段的京戲；郭伯敏是個絡腮鬍子，諢號是「老騷貨」，但他唱的是青衣，要命的卻是還帶表情，一個滿臉于思的大男人，彎著嗓子哼已經夠難受的了，再加上扭扭捏捏的「做工」，甚麼美感都沒有了；而班長呢，自稱票的是馬派，大概他年紀輕，身體壯，中氣太足，簡直就是在吼。我對京戲，連門外漢的資格都稱不上。在越南的時候，只有廣東大戲，京戲還是回國後看的，連頭帶尾只看過厲家班的「一捧雪」；唯一的印象就是那些「娃兒」唱得蠻好頑，至於小生為甚麼唱起來男不男，女不女，更是我無從欣賞的了。因此，每當他們「一開鑼」，我只好和劉潔敬而遠之，到操場上走走。但是久而久之，我也無師自通地在大便或者洗澡的時候哼起「蘇三離了洪桐縣……」來了。

這也算是一種教育。軍隊中還有無數種「教育」。無聊的時候大家便談女人，各人談各人的艷遇和經驗，而且還加上最原始——當然也是最恰當最真切的——形容詞。當他們曉得我們這三個「小姑娘」連摸都沒有摸過時，他們惋惜不止。其中有的說些打趣的話，有些說沒有玩過女人的男人死了之後，閻王便要罰他轉世為女人的。

「我寧可變狗變貓，也不要做女人。」那個叫做樓峰的小個子總是這樣說：「做女人多麻煩，又要抹雪花膏，又要塗口紅的，每個月還要來一次月經，我以前那個女人呀，月經一來就肚子痛，叫爹叫娘的——不過有些時候，做女人也蠻痛快的！」

於是，另外一些比較「熱心」的，便會自告奮勇地答應關了餉之後，帶我們去「痛快」一次。

「印度女人也有印度女人的味道！」

那個月發餉，他們硬拖著我們去見識，可是印度女人身上那股怪味（據說是擦了橄欖油，但我肯定還有別的味道）已經使人退避三舍，根本談不上興趣了。結果，我和劉潔陳美津三人坐在車子上等他們，劉潔還為了這件事寫了一首艷詩——不能發表的！

當我們走過離蘭姆加不遠的蘭溪（Ranchi）和哈薩里巴（Hazaribagn）小市鎮的街上，時常會看見一些膚色棕黑的印度女人，從露臺或者窗口探身出來向我們招呼：「沙亥兒！腳打腳踢，一個盧比！」（沙亥兒是官長，腳打腳踢是性交）

這些都是司空見慣的，開價一個盧比，可能半個盧比就成交了，駕駛兵們都喜歡光顧這些娘兒們，因為至少是在屋子裡，至少還有一張床，有一次我竟然看見在光天化日之下，就地交易的！

印度的淫風素負盛名，春宮畫片在大書店裡可以公開發賣，但，這件事仍然使我驚異不已。在我們的帳篷區右邊，原是一片起伏的小土崗，有一叢一叢濃密的林木，日落的時候，可以看見一些士兵向那邊走去。直到有一天「張大郎」帶我去「見識」時，才發現這個秘密的地方。

她們大約有十多個人，每人只用一塊小油布遮著，在那些樹下，像一個小帳篷，除了不見上半身之外，可以看見兩雙糾纏著的腳在顫動，其中一雙腳，大多數還穿著鞋子打著綁腿（大概脫了太費事），因此，生意好的娘兒們，甚至還有人在旁邊排隊。我說不出當時的感覺，這也許就是我在二十歲以前對女人不發生興趣的原因。

「張大郎」顯然是這裡的老客人，他告訴我這「玩意兒」每次只花四個安那。

「四個安那？」我叫起來

「你還以為便宜呀，」他喊道：「我一個月的餉就要花一半在這上面呀！」

我替他計算了一下，他是一等兵，每個月七盾半，那麼每個月他至少要到這裡來十五次了。後來每當發餉，我便開始注意他，他總是悶聲不響地向那邊來回跑個不停，然後便躺在床上唉聲嘆氣，有時半夜三更也摸去。

有一次我用半開玩笑的口吻告訴他已經超過「規定」的次數時，他不出聲地笑了。

「我不騙你，」他微微有點羞澀，「我的餉全部都關到那兒去了——這個年紀，有甚麼辦法！」

同伴們說他和「傻吊」是連上的一對「寶貝」，但，除了那點「吊兒郎當」之外，他們是截然不同的：「張大郎」像一隻老鼠（尤其是他的臉），「傻吊」的體型風度卻十足的像個劍俠（當然是唐璜這一類的）；一個陰陽怪氣，一個虛張聲勢；一個是小城裡的木工，一個是上海聖約翰大學的「高材生」——即使如此，他們仍是合作無間，令人羨慕。

「傻吊」能夠說一口流利的英語，還會唸幾句警句，唸完了便用中國話加上「莎士比亞」「羅素」或者甚麼文豪聖哲的名字，所以有些時候，專門找他作對的楊明傑（另一位風流劍俠），便會當眾裝模作樣地唸：

「傻吊永遠傻吊，永遠是我們的寶貝——除了太監！」然後，他學他的腔調：「這是比里巴拉，嘰哩咕嚕說的！」

對於同伴們的挑釁和取笑，他從來不生氣，甚至還故意讓他們笑個痛快。儘管他玩世不恭，遊戲人生，但，有時他也懂得憂愁，當他躺在床上，雙臂蒙著頭，用一種低沉的聲音，反覆地哼著一支曲子的時候；當他用種種滑稽的動作去逗引別人的時候，我似乎能夠窺察到他心中的某一種創傷，那是他從來不向別人洩露的。

承他不棄，他很快地便把我當為朋友。我時常在揣測他的思想，但毫無所獲。他是飄忽不定的，做起事來，就像一個不知天高地厚的公子哥兒，後來我發現因為他的故意裝傻，而別人對他的作弄也愈來愈甚時，我問他為甚麼要這樣。

他聳聳肩膀，笑笑。

「你以為我這樣做，是在娛樂他們嗎？」他輕描淡寫地說，那種意態使我懷疑他這些話也是言不由衷的。「其實，是我在捉弄他們呀！大人不是有時也裝出些可笑的表情，幼稚的話，去逗小孩子樂的嗎？」

「那對你有甚麼好處呢？」

「也沒有甚麼壞處吧？」

我沒有話說了。

「算了，」他說：「機關槍又響了——聽！」

但是，這一次卻沒有聲音，我以為他的機器失靈了，正想問，他突然拖著我就跑。

「快點跑，這個屁一定很臭！」他認真地說。

帳 篷

直到開拔前方，我們始終住在這個該死的帳篷區裡，在這十個多月當中，我們學會了一套住帳篷的學問。我們住的是小帳篷，人字形的，每邊可以安放四張床位，中間留出兩尺多寬的走道。因為帳篷的兩邊是斜下來的，所以我們的床，實際上只有五寸高；它只是一個二尺半寬，七尺長的木板架子而已。我們在床上鋪上油布，再鋪上軍毯，洗乾淨的軍長褲，便墊壓在油布下面，穿的時候拿出來，就像洗衣店裡漿燙過似的光鮮畢挺。但是每隔一兩天，就得把油布翻開，把那些白螞蟻用泥土築成的隧道刮掉，不然就被蛀爛了。最初我們想盡了方法去對付這些生命力強得驚人的小東西，但始終無效。有時一覺醒來，放在床頭上的鞋子已經爬滿了「隧道」，不用點力氣還拿不下來。最後，我們知道除了每天向牠們消極抵抗一番之外，別無他法。

至於帳篷兩旁的水溝和繩子，也是要隨時注意的。蘭姆加的天氣，比我們的貴州還怪，每年要曬六個月的大太陽，再吹三個月風，下三個月雨。這三種季候分得毫不含糊，曬太陽的日子絕對不下半點雨，下雨的時候則絕對沒停過。

我們到達的時候，正好是「太陽季節」的開始。印度太陽的威力，是我們生長在溫帶裡的人所想像不到的，再加上我們住在平坦空曠的帳篷區裡，毫無遮蔽，當時痛苦的情形便可想而知了。除了清晨和傍晚，氣溫比較清涼之外，我們整天熱得汗流如雨，窒悶得透不過氣；同時，還要曝曬在太陽下面操作。我們不斷地喝水，不斷地流汗，睡午覺時往往很困難才醒得過來，走在路上突然暈倒是常有的事。

但，比酷熱更嚴重的，卻是水的威脅。在蘭姆加營房裡，都有自來水設備的，可是我們這個區域則付闕如；除了廚房的食水由專車運送之外，我們日常的用水，只好自已設法了。我們每個人都有一隻屬於自己的小水桶（用大號牛肉罐頭改的），每天晚上到水源地提一桶回來，以作次日洗漱之用；至於洗澡和洗滌衣物，我們通常是連在一起的；不是到合作社後面的美軍空營房，就是到火車站後面的小湖上去。不過，這兩個地方，離我們住的地方都相隔一段不短的路，往往洗完回來，身上又濕透了。另外一個可以取水的地方，就是大操場對面鐵路邊的一口小井，但是帳逢要看運氣，有時井裡連一滴水也沒有，所以我們寧可到湖邊去，也不願跑這一段冤枉路。

我們這個營一共佔有八列帳篷，平均每連分配兩列。大概是營長認為我們營地的環境太單調，命令各連在兩列帳篷之間闢幾個花圃，然後由幾個印度花匠在那多角圖案的花圃裡栽種些花草，負責我們這一連的印度老頭子，是個很不錯的花匠，他在花圃的四周種些紅色的草，裡面則配合著種些色澤形狀不同的花。等到他的工作完成，保養的責任便落到我們的頭上；我們每個人分配到一角花圃，連長一開始便約法三章，如果誰的花圃因保養不良而萎謝的話，便要受到扣薪處罰。

在小學自然課本上，我知道植物只需要陽光、空氣和水；後來進中學唸植物學時，還採集過樹葉的標本等等，成績很不錯。但有生以來，我沒有親手栽種過任何一種植物，而最糟糕的，卻是在這個最缺乏水的地方。這種情形實在有點苦中作樂。

原來澆花要在太陽正射之前或日落之後，不然反而會因為突然蒸發的水氣而「薰」死的，所以我們每天除了要為洗臉漱口水煩心之外，還要澆溉這個要命的花圃。而且，誰也不敢偷懶，因為只要兩天不澆，草便會枯死的。

直到「風季」到臨，我們才鬆下一口氣，因為那時偶然也會下一場雨；只要一下雨，我們便可以輕鬆幾天。同時，下雨的時候，我們便把那隻「要飯」的罐頭水桶放在帳篷的繩子下面接雨，有時索性脫光了衣服到雨中洗一個澡。而這種雨通常只是陣雨，過了又是晴天。

所謂風季，也並不是整天刮風，它像這個季候的陣雨一樣，只是來的時候總在一個固定的時間而已。每天黃昏的時候，氣壓突降，然後，開始可以看見遠處昏天黑地，這一股奇怪而猛烈的風，很快的便滾滾而來，頓時飛砂走石，日月無光。在那個時候，我們就得先把帳篷的繩樁打緊，然後躲進帳篷裡，放下前後的門布，大家合力扶著那三根支柱，等到這一陣風過後，才敢到外面來。假如遇到比較強烈的，往往會連帳篷帶人吹到天空上去的。

風季過後，雨季開始了。在雨季裡，我們的生活快樂得像甚麼似的。一切都改變了，我們再用不著早晚點名，用不著聽官長們的訓話，用不著出操，用不著為洗臉水和花圃發愁……

可惜，那一段日子並不太長，當花圃裡的花草正盛，當排附的小提琴居然能夠把國歌奏完，當我已經會唱麒派（他們說我的嗓子只配唱這一派）的「追韓信」的時候，前方的反攻部隊已經進入野人山，我們跟著便出發了。

小愛人

印度話女孩子叫做「巧克力」，男孩子叫做「巧克拉」，這是我到蘭姆加之後就學會的印度話，因為這兩句話好記，所以我用不著像他們那樣，要把它記到小記事本上。

撥進兵工營之後，我便發覺每個人都在學講印度話，尤其是我們這個帳篷的「篷長」「傻吊」。他一有空，便把小記事本拿出來唸，有時他也不管「張大郎」懂不懂，發號施令的時候他也說印度話——不過講一個字要在本子上查一查。

「阿差！」張洪光總是歪歪頭，來一個印度動作，用這兩個字回答。

直到「傻吊」答應把他那本小冊子讓我抄時，我才知道「阿差」就是「好」的意思。

記得在小的時候，我們都跟著別人管印度人叫「阿差」或者「摩囉差」——原來「摩囉差」就是「啵特差」的變音，意思是「非常好」。印度人見面的一聲「阿差嗨」，就等於英語的「How do you do」了。

後來我們到蘭姆加街上玩時，便找些機會去和印度人談話，但是每次都費盡力氣，結果雙方仍然不甚了了。

「你們在說印度話之前，要先叫一聲『阿差嗨』呀！」「傻吊」向我們分析道：「要不然，他們一腦門的以為你在說中國話，當然聽不出來——不過，你要找機會跟女人談，女人說的印度話容易聽得懂。」

我以為他說的女人是「那些」女人，於是我搖搖頭，說是寧可不學印度話。

「其實，學了又有什麼用。」我說。

「沒有用？」他叫起來。頓了頓，他把頭湊近我，低聲說：「下午吃完飯，你跟我跑！」

「傻吊」平常沒有甚麼神秘的事，所以我相信其中一定有甚麼蹊蹺。晚飯過後，我們有好幾個鐘頭時間自由活動（但是不許到蘭姆加街上，憲兵要檢查的），我會意地拿著毛巾，提著小水桶，跟著他向大操場那邊走。

越過鐵路，便是一個印度小村子，我們是被禁止到那村子裡去的。所以當「傻吊」帶著我走過鐵路，要沿著一條小路到村子裡去時，我把腳步停住了。

「走呀！」他向我催促。

「我不敢過去，要受處罰的！」我老實地說。

他笑起來了。

「你膽子真小！」他說：「你說誰禁止我們到這邊來？是營長呀，憲兵才不管你們這種事呢，而且村子裡也沒有憲兵——走吧，我是時常到這邊來的！」

猶豫了一下，我終於怯怯地跟著他走了。

那個村子只有二十多戶人家，當中有一口又大又深的水井。

「在這裡取水，比別的地方近多了吧？」他玄惑地笑著問我。

「你平常都是在這裡取的嗎？」

「當然！」他說：「你要知道，我生平最痛恨的是走路！呃，不過你千萬別告訴旁人，我只讓你一個人知道——先發誓！」

我舉舉手，他滿意了，然後叫我把手上的小水桶放在一邊。

「要是你杷我們這些水桶放進井裡去，」他慎重地解釋道：「那麼你這個窮禍就闖大了！印度人的忌諱最多，連他們自己印度女人，都不敢跑到井邊去，怕他們不乾淨……」

「他們男人也不夠乾淨呀！」

「大概是宗教上的規矩！要是我們這些『骯髒』的外國人的水桶放進去呀，明天這個水井就沒有人敢用了！」

「那麼，你的水是怎麼打的？」

「還不簡單！用他們的桶打起來，再裝進我們的桶裡！」

一群污黑的印度孩子向我們跑過來，他們都認識「傻吊」，而且看得出他們是很喜歡他的。「傻吊」嘰哩咕嚕地和他們說了幾句甚麼話，便遂一的介紹我認識他們。但是我記不清楚，因為名字裡都甚麼甚麼「星」的。

「這小子叫做『智多星』！」他指著一個眼珠滾圓的孩子說。

「是你替他取的？」

他點點頭，忽然用眼色暗示我不要用手去摸他們腦後拖著的一束小辮子。

「他們會不高興的，」他低聲說：「這就是信印度教的標記！」

「你像是甚麼都懂似的？」

「我本來就是甚麼都懂的呀！」

也許是我第一次到村子裡來的關係，那個叫做「智多星」的孩子定定地望著我。他大概只有十一二歲，瘦瘦的——在印度，我幾乎從未見過胖的孩子。除了他的膚色之外，我找不到不喜歡他的地方。當我向他微笑的時候，他羞怯地跑開了。

引領著我到村子裡巡視一周之後，「傻吊」詭譎地向我說：「我帶你去看一個很漂亮的巧克力！」

村子裡的屋子，像國內西南的鄉下房子一樣，也是用泥磚砌成的，草棚蓋的頂，只開著兩個小小的窗戶，但是裡面打掃得很潔淨，只是用牛糞塗刷的士牆的顏色和氣味不大好受。我們走到一棵結著很大的果實的菠蘿蜜樹下，「傻吊」便停下來了。

「喏，那就是她！」他低聲說。

順著他所指示的方向，我看見一個穿著茶色印度布圍服裝的孩子從右邊的一間屋子裡走出來，她赤著腳，發育得很好，但是從相貌上看，她的年紀絕對不會超過十四歲。她的眼睛很大，眉心點著一點紅痣，當她瞪著我的時候，我很難猜度出她在想些甚麼。她像是有點怕，又像是感到新奇。

「傻吊」拖著我向她走過去，用許多手勢輔助他那生硬的，沒有文法的印度話，算是向她介紹了。她向我低低頭，把左手放在心口，然後又回到屋子裡去了。

「她是誰？」我忍不住問。

「我的女朋友，卡娜！」說著，他在門前的一條木凳上坐下來。

「哦，你在追求……」

他急急地打斷了我的話：

「別用這種俗氣的字眼好不好！」

那個叫卡娜的「巧克力」出來了，手上多了一個比五磅熱水瓶大不了多少的嬰兒。「傻吊」笑著伸手把他接過來，我覺得自己不應該破壞這個「愛情場面」，於是藉故走開了。在井邊，我又碰見「智多星」，我本來想叫他，但是他已經走開了。我在村子裡轉了一下，回來時看見「傻吊」在翻著記事冊和那個印度女孩子說印度話，那個小嬰孩已經爬到地上去了，卡娜的身邊又多出一個剛會走路的小孩子。

天要黑下來了，「傻吊」才結束他們的談話。當我們提著水桶走出村子時，我忍不住說：

「你這個年紀和她談戀愛，不太大一點嗎？」

「傻吊」回過頭來望望我，反問道：

「你以為她多大了？」

「絕對不會超過十五歲吧。」我回答。

「十三歲。」

「十三歲？」我叫起來：「那麼你更不應該……」

「……」

「你以為她還不夠大嗎？」

「我跟你說，她九歲就結了婚，現在已經養了兩個孩子了。」

我幾乎不敢相信他所說的話，但是他說話時的神態又使我深信不疑；後來，我也時常到村子裡提水，但我對「傻吊」這一段「愛情」從不過問，結果如何，就不得而知了。

麥利亞星

在印度，一個人貧窮的程度，是不可思議的。賤民們除了一隻擦得亮亮的黃銅罐子，和一塊幾尺長的粗布之外，別無長物。他們大多白天行乞，晚上就蜷睡在樹下，那幾尺粗布作為遮蔽身體之用，先圍著下身，然後將剩下來的一截往上身一搭，乾乾脆脆，根本用不著縫製。至於那隻黃銅罐子，樣子很像中國的古老小痰盂，不過它是用來盛水的。起先我們以為那就是他們的水杯，後來才明白，那是他們的大便用具。印度人大便後，習慣上不用草紙去揩屁股，而是用水去沖洗的。

因此，每當我們在廚房前面的空地上露天吃飯的時候，便有一群賤民靜靜地蹲在前面，用一種無神而乞憐的眼光望著我們，等待我們施捨。由於我們的給養非常豐足，總是吃不完的，於是我們便將吃剩下來的飯菜分送給他們。日子久了，便成為一種規例了。

有一天——就是從村子回來的第三天，我竟然發現那個「傻吊」叫他「智多星」的「巧克拉」也雜在那堆賤民裡，他顯然並不知道我會在這個部隊裡，所以當他突然發覺我已經走到他的面前時，他驟然惶亂起來；他想走，但是被我捉住了。我強迫著將大搪瓷碗裡的飯菜倒進他手上的布帕裡，然後用兩個印度單字，叫他「下午，來」。

但是下午他沒有來。

第二天他也沒有來。飯後，我要「傻吊」陪我到村子裡去，走前，我帶了幾件穿髒了的衣服和一大塊肥皂。

「你要到村子裡去洗衣服嗎？」他困惑地問道。

「不是，」我神秘地回答：「我要拿這些東西去對付『智多星』！」

「他怎麼啦？」

我沒有回答他的問話，我說：「你認識他的家嗎？」

「不認識，」他搖搖頭，「不過，他總會在村子裡的，要不然我可以叫卡娜替你找他——你是不是很喜歡他？」

「我說不出，我只覺得他的眼睛裡，有甚麼東西吸引我！」

「了不起！你應該把這種靈感告訴劉潔呀！」說著，他忽然把話頓住，顯然在思索些甚麼。突然，他興奮地嚷道：「我同意你的看法，真的，你這一提，我倒覺得，卡娜的眼睛裡也有這種力量——你看是不是因為他們的眼睛比較大的關係？」

「牛的眼睛不是很大嗎？」

「貓呢，貓的眼睛是大得很迷人的！」

最後，他決定好好地注意一下卡娜的眼睛。

到了村裡，他先陪我去找那個「巧克拉」，而且很快地便找到了。他靠坐在牆角打盹，放著一隻空罐頭和一小包東西。

「看樣子，這孩子不是住在這個村子裡的呢！」我憐惜地說，然後把「傻吊」打發開，再輕輕地搖醒他。

他醒過來之後，發現是我，似乎有點生氣。但是我已經把那包髒衣服和肥皂放在他的面前，然後塞給他一隻值四個安那的小銀幣。

「明天，來！」我指指衣服，再指指自己，用生硬的印度話說。在他還沒有回答之前，我已經走掉了。

第二天午飯的時候，他果然來了，他的手上捧著洗淨而且摺疊好的衣服。看見我，他再不像以前那麼驚慌了。他把衣服交給我，然後小心地攤開那塊布帕，把我給他的飯菜包起來。但是，他卻把那隻小銀角還給我。

以後，我每天總得找一兩件衣服讓他帶回去洗，使他安心地接受我給他的食物。他漸漸地變得快活起來了。有時見了我，不管我聽不聽得懂，便滔滔不絕地向我說印度話，我只好用國語去回答他，算是報復。於是，他便泛起一個成熟得太早，但是含有點憂鬱意味的微笑了。

我不再叫他做「智多星」，而乾脆就叫他做「巧克拉」了，雖然他曾經告訴我，他叫做「麥利亞星」。

一個月之後，他替劉潔也介紹了一個有點病容的小孩子，而且有時還帶給我一兩個不知道從哪兒摘來的，還沒有熟透的芒果。我們連上的幾個伙伕對他也開始熟識了，因為他時常在我們吃過飯之後，便率領著那個瘦弱的孩子幫忙伙伕們打掃，後來居然連洗飯鍋和削山芋皮等工作都索性讓他去幫著做了。後來我花了半盾盧比，將一套舊的軍便服在藍姆加的印度縫衣店改小給他穿，他顯得更加神氣了。雖然他已經用不著向我討飯吃，但是他仍然是「屬於」我的，他把我當做他的最知心的朋友、最尊敬的主人。他仍然每天替我洗衣服，當他發覺我每天早上要從老遠的地方挑水回來澆花時，第二天他一大早便提了一大桶水在等我了。總之，他比「黑屁股」對排長更忠誠更勤謹。同伴們對我有這份「福氣」，當然是羨慕不置，而我也的確以他為榮。

有一個假日，他跟著我們到蘭姆加去。那天他快活得像個小瘋子。因為不願跟我們進合作社去吃飯，我們大家湊了半盾盧比給他隨便買東西吃；結果他只吃掉兩個安那，而將剩下的錢買了一雙舊鞋子，但後來我始終沒有看見他穿過。

蘭姆加還有一家街頭照相館，照相師是一個留有小鬍子的傢伙，三寸的相片是四個安那兩張，立即可取。我們走過的時候，正巧看見幾個土包子在「開洋葷」；其中一個因為戴著手錶，怕別人看不見，便把錶帶繫在袖口外面，故意叉著腰；另外一個，則很不自然地露齒而笑，因為他鑲了一隻金牙。他們拍過之後，我一時心血來潮，要和「巧克拉」合拍一張。可是他無論如何不肯和我並站著拍，而堅持著他自己的姿勢：我站著，他則盤膝坐在地上。可惜那張照片洗印得太馬虎，幾個月之後便由黑變黃，有一天我無意間翻出來，已經變成一張幾乎一無所有的白紙了。

後來，我們要開拔到前方去了，「巧克拉」的眼睛跟著灰黯下來。出發的前一晚，我弄到一些食物和幾件衣服送給他，他接受了，但是不說一句話。第二天我們上火車時，卻意外地沒看見他，我想，他無論如何總應該來送行的，而且我也很想再見見他。

「也許他太難過了。」上了車之後，劉潔向我說。

「真的，」我說：「我也很難過，以後不知道他要怎麼生活了！」

火車開動了，緩緩地駛出蘭姆加車站，我們依戀地探頭到車窗外面，看看那可能永遠不可能再看見的蘭姆加。但，我驟然發現「巧克拉」就站在月臺盡頭的平交道邊。他這天戴著一頂樣式古怪的小帽，穿著那雙從未穿過的鞋子，當他發現我時，便發狂地跟著火車跑，一邊含糊地喊叫著，一邊向我揮著手，我看見他的眼眸裡孕滿了淚水。

「巧克拉！巧克拉！」我激動地叫著，同時把早上領到的一包乾糧丟出去給他，但是他沒有去撿拾，仍然跟著火車跑。

他在喊叫著甚麼，最後最後，我才聽清楚他的聲音。

「麥利亞星！」他指著自己，重複著這個名字：「麥利亞星！」

原來他要我記著他的名字，於是我喊他的名字了。但，我後悔為甚麼在那些日子裡，要叫他做最平凡的「巧克拉」呢？

麥利亞星是不平凡的，至少在我的記憶裡，他是不平凡的！

假日和脫衣舞

每個星期日，早上按例先檢查內務，再檢查槍，然後放我們出去「度假」。

所謂熟能生巧，掛蚊帳，疊毯子，我只要花一兩分鐘，便能夠做得和那些「老前輩」一樣好，唯一不同的，就是我仍然不大敢把那些臭襪子和襯衣褲塞進蚊帳和毯子裡面去。按照規定，我們非但要把帳篷周圍和床鋪上下打掃得纖塵不染，而且甚麼東西放在哪裡，距離多遠，都有規距，至於零碎的東西，也是眼不見為淨。因此，每當檢查內務之前，張洪光總是提著一隻帆布袋，挨「家」挨「戶」地請各人把雜物放進去，先藏到廚房後面的小林子裡，等到檢查完畢，再將帆布袋提回來。這個方法非常有效，但等到有一天被排長發覺之後，又明令禁止了。所以，有時這種「捉迷藏」的辦法行不通，便索性在檢查時把那些藏不了的東西穿起來或帶在身上。

儘管內務檢查嚴格，但除非「太不像話」，通常都很輕易「派司」過去的。可是槍，卻不同了。我很快地便了解「傻吊」說過的那句話，也意想得到「女人」是怎麼難伺候了。

除了槍管要通得雪亮之外，彈膛內外都要擦得乾乾淨淨，有一次「狗熊」連附大概覺得太無聊，故意改換一個方式，結果我們除了要把該擦的地方擦亮之外，還要找一根縫衣針去剔螺絲槽縫裡的油灰。不過，後來我才發覺，假如官長們存心跟你難過，總找得出毛病來。

但，對於這一關，我們總是全力以赴。由於蘭姆加的風砂大，油擦多了，怕沾灰；擦少了，又怕「保養不良」，而且還規定不許用布片塞槍管，所以聽到外面吹集合哨子的時候，幾乎每個人都像藏甚麼似的，把擦好的槍抱在懷裡，像我們這些站排尾的，還得一邊拿著塊小絨布，偷偷地揩掉剛黏上的塵灰。

這種儀式，通常要拖到十點鐘之後才結束，所以真正的假日，只不過半天而已。因此在接近發餉的那個星期，身上既沒有錢，我們寧可在營裡睡覺，而不願意到街上去。

在那種日子裡，廚房便是最好的消遣地方。因為官長們全都走了，我們便可以明目張膽地在後面的小土溝裡面賭牌九。那副骨牌是個外號叫做「龜兒子」的四川伙伕由國內帶來的，他一共有兩樣令人羨慕的東西：一根花毛竹的水煙筒和一副骨牌。水煙筒向來免費供應，只要你給他留下兩口煙絲；至於那副骨牌，卻要抽頭。

在蘭姆加訓練期間，由於操作繁忙，經常都是每個星期日賭一天，碰到發餉，可能加上一場「夜場」，但是靠這副骨牌，「龜兒子」的收入比那些「老子」賭客們更神氣。像那些駕駛兵一樣，他也在前面印度合作社訂做了一雙流行的黑紋皮鬆緊口半統皮鞋，也配上一副太陽眼鏡，高與起來，也要到街上吃一份燒雞，看一場肚皮舞。

我從小就是一個賭鬼，八、九歲便上桌打麻將了——那是一位同學的老祖母的恩賜，因為她八十多歲，活得太無聊，便拖我和她的兩個孫子湊一桌。我們都願意跟她打，因為打起來「像個大人」，也發籌碼，而且總是她輸，我們偷牌換牌她都看不見，所以贏錢總有我的份。連上的賭鬼太多，我和劉潔只能搭注，通常的輸贏也有限，最多不會超過半盾盧比（因為袋子裡有一盾的話，便要到街上去了），輸了走路，贏了便到印度合作社去喝一瓶汽水，吃兩個安那的麵包。

在蘭姆加街上，只要走兩回便沒有興趣了，除了吃一碗麵，幾乎無一處可玩的地方，後來我們也跟著一些「老馬」到輜汽六團搭便車到蘭姆加附近的蘭溪（Ranchi）和哈薩里巴（Hazaribagn）去。據說哈薩里巴的妓女最出名，而蘭溪卻可以看到脫衣舞。在我們那個似懂非懂的年紀，對前者自問沒膽量，對後者卻相當發生興趣。可是，我們一連去了幾次，都不得其門而入，又不好意思去問別人。

有一次，劉潔認為我們必須要改變戰略，當我們到達蘭溪之後，先到那些最混雜的印度小咖啡室去，坐在那把由門口一個小黑童來回拉動的大布扇下面，吹了一會風，等到那些擦皮鞋的小孩子來兜生意時，便抓住其中一個年紀比較大的；先拿出小本子和他「交際」一通，然後再把一張事先準備好的紙條遞給他看，那張紙條上畫著一個女人跳舞的樣子（那是依照他們口述的情形畫的，由劉潔執筆）。

「在哪裡？」我們低聲說著印度話。

最初，他表示不知道，但等到兩個安那塞進他的手裡時，他笑了。擠擠眼睛，要我們跟他走。

儘管我們怎麼用心記著去的路，但第二次便找不到了。但那一次對我們的印象非常深刻，因為看完出來，我們卻餓著肚子回營裡去——袋子裡的錢全給扒光了。

那個地方可以說是相當秘密的，我們進了好幾道門才走到一個圓頂的門口。票價每人兩盾，進去還得另外花錢買飲料。我們走進那間狹窄而煙霧騰騰的房子才算放下心，因為已經有幾十位同志先我們而來，有的站著，有的坐著。其實，節目並不怎麼精彩，跳舞的女人反而沒有配合的印度音樂來得動人；舞女身上塗著油，轉了幾圈之後，便開始抖動她那塊凸出的肚皮和臀部，我發覺其他的大爺們卻看得津津有味。

出來之後，我非常後悔，我覺得那個女人還沒有學校裡雇來的那個蠢模特兒中看，簡直毫無美感可言。

「不知道那塊黑肚皮有甚麼好看？」我說。

「也許我們這個年紀覺得不好看吧！」劉潔平淡地接住我的話：「不過，我們總算見識過了，回去我們也可以向他們吹了！」

果然，那天晚上我們的帳篷塞滿了人，大夥兒聽我和劉潔吹牛。我們說今天那個舞女整個脫光了，形容得天花亂墜，連那些曾經看過的人都後悔失掉了機會。

睡覺的時候，「傻吊」低聲問我：「大概脫光的是你的口袋吧？」

我怔了半天，才困惑地問：

「你怎麼知道？」

他笑笑，「下個星期又輪到別一批傻瓜了！」

菩提伽雅

菩提伽雅（Buddha Gaya）離蘭姆加一百二十哩，傳說是佛祖釋迦牟尼修成正果的地方，「西遊記」上唐僧帶著三個徒弟就是到那裡去取經的。我們到達蘭姆加之後，便看見過那些印有佛像的菩提葉。那些葉子是去過菩提伽雅的人帶回來的，就和書籤一樣。據說那就是釋伽牟尼修道時手植的一棵菩提樹的葉子，帶在身上可以避邪。

我出生在天主教的家庭，生下來便領了洗，但我和母親一樣，對任何宗教和神秘的東西都存有些兒敬畏的心理，所以我進廟也要燒幾柱香，甚至還進過禮拜堂做禮拜。同時，在越南，佛教相當盛行，小時聽過不少鬼故事，識字後又看過不少神怪小說，所以對於神佛菩薩，照樣尊敬。因此，我和其他的同伴們一樣，一直想找個機會到伽雅去一次。

但那是一件相當困難的事，因為第一沒有交通工具，第二沒有時間。後來時間一久，我們開始打消這個念頭了。

半年之後，我們這個本部連突然奉命改編為汽車修理連，除了在右邊的林子裡蓋了一所工場之外，還領來了兩部中型吉普。原來的班擴充為排，另外再撥出一個駕駛班。

自從領到了車子，我們又開始計劃到伽雅去了，不過那只是在秘密進行，官長們是絕對不允許的。直到有一天晚飯過後，「傻吊」輕輕地問我：

「你要參加敢死隊嗎？」

我嚇了一跳，最初我還以為他所指的是英國人在軍區秘密招收到北非去的「志願軍」——那件事不知道是從哪兒傳來的，說是英國人正在軍區秘密招收一批人到北非去打仗，待遇非常優厚，言之鑿鑿，使你不得不相信。過了幾天，這個消息幾乎在每一個中國部隊裡傳遍了。儘管駐印軍當局如何闢謠，但，這種傳聞依然壓不下來，同時也不斷地有些人失了縱。我們營裡，也曾經有幾個亡命之徒到郊外一個甚麼秘密地點去找尋，但結果並沒有找到英軍的車輛。所以當他說「敢死隊」時，我馬上聯想到這件事，因為聽說在北非跟德國人作戰是非常危險的。

「這一次，消息是從哪兒來的？」我緊緊張張地問。

他知道我誤會了他的意思，於是笑起來。

「不是到北非，是到西天！」他說。

「西天？」

「伽雅！」他機警地低聲說：「要參加的話，晚上到廚房來商量。」

晚上，我和劉潔到廚房裡去了，這次參加「敢死隊」的一共有十多個人。因為這次計劃有點「敢死」性質的，明知故犯，反正是去了，回來再聽由官長們處罰。

依照計劃，我們擬定星期六晚上半夜出發，先把車子推到外面公路上，然後集合起程。天亮之前到達伽雅，玩到中午再回來。當然，這樣一來，星期日早上便會被發現的。集體離營，這個罪名相當不輕。

「至少也要關一個禮拜的禁閉！」其中一個人說。

「在哪裡關？哪兒有這麼大的禁閉室？」另一個人說。

「不關禁閉也要打屁股！」

「打幾下算甚麼，再重一點也值得吧！」

這次事情，是駕駛班的楊明傑策劃的，因為車子是他保管的，他說他可能要罪加一等。

「要是怕的話，」他正色地說：「退出好了，我們絕對不勉強。不過，要是參加了，回來就得認命！」

結果，這十幾個人都是「英雄好漢」，沒有一個人退出。

第二天，吃晚飯前就偷偷地把車子的油箱裝滿了，大家的心情不免有點緊張，但等到把車子推出公路，上了車，卻舒坦得出奇。由於用不著趕時間，車子以中等速度沿著一條平穩的柏油路向西北方前進；大家在車上吵吵鬧鬧，頗不寂寞，誰也不願去想回來之後可能受到的處罰。

到達伽雅的時候，距離天亮還有一個多鐘頭，我們便把車子停在路邊一棵大樹下，靠在一起小睡片刻。也許是太興奮了，我雖然也很疲乏，但始終無法合眼；我突然又記起小時和母親在霧中坐船的那回事，耳畔彷彿又聽到那隱約的鐘聲，究竟是一種甚麼力量召喚我到這個地方來呢？神？命運？還是自己那好新奇愛冒險的性格？

驀然，我發覺天色已經漸漸明亮起來了，印度的清晨有點薄寒，空氣裡有一種奇異的香氣；陽光忽然在前面寺院佛塔的圓頂上耀起一片金光，這莊嚴的景象使我感動異常。我想：僧侶的生活，也許並不如我們所想像的那麼乏味。

當我仍然沉湎於這種神妙的玄想中時，「傻吊」起來了，他很快地把大家鬧醒，然後提議先找一個地方洗漱一下。

伽雅佛寺附近，有幾家零落的店鋪，我們在那兒弄到一桶水，在食攤上喝下一杯溫熱的鮮牛奶，才開始遊覽。

伽雅佛寺是一座含有濃厚東方中世紀色彩的寺院，中間矗立著一座二、三十丈高的金剛寶塔；塔是長方梯形的、一層層的石基，刻著各種圖案；上端，是一個鐘形的塔頂。按照規矩，我們必須脫掉鞋子，才可以走進去。在第二層有一間並不寬闊的佛堂，那位為我們嚮導的湖北和尚（寺裡一共有四個中國和尚，據說以前曾經有十多個）告訴我們，那就是玄奘法師抄讀經文的地方；我們只能隔著玻璃向裡面看。靠著寶塔有一棵老菩提樹，那就是佛祖悟道的所在，寺裡的和尚每天撿拾地上的菩提葉，放在石灰缸裡，把表皮爛掉，然後把剩下的纖維染黃，蓋上黑色的佛章，這張葉子便變成佛的象徵，佛教徒們視為至寶。我們每個人都買了一些，和幾枚印度古錢，留作紀念。

最使人困惑的，要算菩提樹後面的一隻大足印。它幾乎有一丈長，印在一塊斑剝的石頭上。和尚說這就是釋迦牟尼得道化金身升天時留下的遺跡。

「要是確有其事，那麼應該有兩個腳印才對。」我向劉潔說。

他不響，表示沒有意見。但是後來我看見過一些印度佛教的五彩圖片，上面除了有翅膀的象，鳥頭的人和蛤蟆之外，那些菩薩都是戴著尖頂帽（和佛塔的頂相似），雙手合十，左腳總是提起橫在右膝上的。

用不著兩三個鐘頭，我們連附近的雷音寺和其他一些勝蹟都看完了。午飯是在伽雅吃的。回蘭姆加的時候，大家的心情都很沉重，並不是後悔，只是對這個已經逐漸被時間淹沒的佛教發祥地感到失望而已。

那幾張避邪免災的菩提樹葉，並不能拯救我們這十六個朝聖者。當車子剛停下，衛兵便把我們押進去了。大概是害怕涉及「連帶責任」，連長並沒有把我們這個「事件」呈報營部，只在晚間點名時偷偷地在連上解決。

當然，為了「以儆效尤」，我們每個人賞了十扁擔手心，再禁假一個月。這就是一段回憶、四枚古錢和四張菩提葉的代價。後來，那幾枚古錢不知道丟到甚麼地方去了，那些菩提葉，我送了一張給張洪光，一張給那個成天不說話的伙伕頭，一張給「黑屁股」，剩下的一張，我夾在筆記簿裡，留作永久紀念。但是後來打返緬甸時，我在八莫拿出來給一個緬甸老婦人看，她連忙恭恭敬敬地將它放在一隻碟子裡，頂在頭上，跪下來膜拜；看見她這種樣子，我乾脆送了給她；這一點小贈與使我在她的家裡變成了一個最受尊敬的客人。所以，現在對於菩提伽雅，我只剩下這一段回憶了。

博幹男中尉

我們本部連改編為汽車修理連的半月前，總指揮部派了一位美軍連絡官到我們的連上來。他就是博幹男中尉。

他長得並不高，瘦瘦的，有一頭微鬈的黑頭髮；他的眼珠也是黑色的，炯炯有神。他第一天到連上來的時候，穿著一套很合身的卡嘰布軍服，頭上戴著一頂表明他是西點軍校出身的草綠色寬邊呢帽（樣子和我們的童子軍帽差不多），騎著一輛嶄新的哈雷機車，樣子相當神氣。當連長介紹我們認識時，他說他才進外語班學中國話。

「我的中國話，」他很費力地一個字一個字地唸下去：「沒有會講很多的，以後，我要向你們學習。」然後，他說他的名字叫做「博幹男」；博愛的博，幹活兒的幹，男人的男；他還會一筆一劃地寫出來。從第二天開始，他便和我們生活在一起，直到我們回國。

他是美國麻省工學院畢業的，對內燃機和機械方面懂得很多。但，最初的時候，他把我們估低了，結果弄得很狼狽。他以為我們只是普通被徵召的士兵而已，因此當我們在小林子裡把工場的大帳篷搭好之後，他領來了一批工具和六輛小型的通訊坦克（沒有頂的，行走用履帶，但卻是方向盤操縱的），著手訓練我們。由於當時河邊營房的戰車營還沒有正式成立，只有一個「戰車訓練班」，所以這種訓練也很可能是一種試驗。於是，第二天我們便開始上課了。

我記得那天他慎重其事地為我們講解內燃機的原理，黑板上畫著「四衝程」的簡圖。可是我們都無心聽講，最後，他很不快活地要站在旁邊的翻譯官問我們是不是對於他所講的不發生興趣。

「這些我們早就懂了！」我們說。

當翻譯官將我們的話告訴他時，他有點不大相信，於是他隨便指定了兩個人，要他們畫汽車的油路和電路圖，結果我們這兩位「代表」果然不負眾望，答得十分正確。

博幹男中尉無話可說了。於是他開始在我們裡面作一次調查，當他發現我們大部份的人都有駕駛和修理汽車的能力時，他忽然爽朗地笑起來。

「既然這樣，我們還等些甚麼啊！」他向翻譯官說。然後，他匆匆忙忙地騎著機車走了。

不到一個星期，我們便接到改編為汽車修理連的命令。而且博幹男中尉很快地便變成我們最好的朋友，他記著我們每一個人的名字，而且儘可能的用中國話和我們說話。由於我和劉潔的年紀比較小，而且又是專科學生，所以他很喜歡接近我們，當某一件事不能用中國話表達時，我們便和他說英文單字，互相猜摸對方的意思。

有一天，當我發現他在外語班的功課竟是「曹操死了之後……」時，我大為驚訝。

「你上了多久的課了？」我問。

「三個月。」他回答，然後詫異地問：「有甚麼不對嗎？」

「學這些是毫無用處的。」

「為甚麼？」

「你知道曹操是誰嗎？」

「曹操……」他把這兩個字唸成「糟糟」，以下的解釋就可想而知了。

我奇怪這種教材是甚麼人編出來的。於是我建議每天教他幾個實用的字，隨時和他練習。雖然我教他的並不是「人手足刀尺」，但是兩個月之後，他已經可以說比較普通的話了。為了炫耀這種成績，有一次他用中文寫了一封信給他在美國的太太，同時還把我和他合攝的照片一起寄去。這年聖誕節的前幾天，竟收到一張從美國寄來的聖誕卡，下名署名是中文寫的「博幹男的妻子安」。當然，博幹男中尉也同樣收到一張，後來他告訴我，這些字是他的太太請城裡中國餐館的中國人寫的。

漸漸地，我發現他對我們的生活上的一切都發生與趣，甚至有時還刻意地模仿；當然，有些也是不足為訓的，比方挖鼻孔、剔牙齒、吐口水等等。到前方之後，他雖然另外可以領到給養，但是他卻寧可和我們一起拿筷子吃飯。碰到過年過節，連上循例特別加菜打牙祭，他便弄來幾箱啤酒，分送各人。

他的太太大概也受到了他的影響，當我們進入緬北時，她給他寄來一卷八厘米的影片，博幹男想盡辦法才借到一架放映機，放映給我們看：影片裡，她太太穿著中國長衫馬掛，頭戴瓜皮帽，他們的小兒子頭頂上卻紮著一條小辮子。他一連放了好幾次，得意非凡。

「她像一個中國女人吧？」他笑著問我。

「不！」我說：「像一個中國男人！」

「男人？」

「她穿的是男人的衣服呀！」

他現出一副失望的表情，然後抱怨地說：「她應該問問那些中國人的。」

毫無疑問，博幹男已經變成一個中國迷，他曾經告訴過我，戰後他希望能到中國去住一些時候。

「那個時候我就可以穿我太太穿的那種衣服了！」他認真地說。

「可是現在已經很少人穿那種衣服了。」

「為甚麼，那種衣服不是很理想嗎？」

「也許是，不過，大概這就是進步吧！」

我們回國之前，博幹男已經升為上尉，他也曾經設法保送我們十六個人赴美進兵工學院，可惜由於部隊急於回國，這件事情才就擱下來，未能成為事實。而且他也被調走了。

從此，我再也沒有看見過他。前幾年，我在臺北無意間碰到了「老百姓」排附，他仍然幹老本行，不過已經升為兵工廠裡的所長。我們忽然談起博幹男，他聽說他就在美軍顧問團裡，有人曾經見過他，他已經官拜中校。我幾次託人去查問，但是都沒有結果，等到查明白時，他已經被調到西德去了。

這次，我雖然沒見到他，但，我相信，他一定穿過長衫馬掛，戴過瓜皮小帽，說不定還到洗澡堂洗過一個「全套名堂」的中國澡呢！

牛肉

到印度之後，我們的給養離不開牛肉，除了蔬菜、豆類和馬鈴薯，不是生牛肉，就是牛肉罐頭。最初，我們還吃得津津有味，但，一連吃了幾個月之後，我們一聽見牛肉便倒胃口。儘管廚房裡的伙伕想盡了方法變花樣，煎、爆、蒸、煮，但牛肉依然是牛肉。半年之後，我們痛恨它已經到達忍無可忍的程度，但是每天吃的仍然是牛肉。

為了調劑胃口，我們每個人都買一隻小玻璃瓶子，弄一點私菜佐餐。大多是辣椒粉、蒜頭、醃蝦米這一類東西。除此之外，就是希望每天都輪到自己監廚。

顧名思義，「監廚」就是監督廚房做菜弄飯的意思；按日輪流擔任，大概每三個月，便可以輪到一次。輪到的時候，按照規定，公差勤務，出操上講堂，一概全免。這對於一個在訓練期間的士兵，可以說是無上的幸福了。而比這更重要的，卻是可以吃一天沒有牛肉的飯。

在軍隊裡，廚房的黑幕是最大的，在菜金上揩油，似乎是一件天經地義的事。但是在印度一切都由給養站供應，所以伙伕們也就改變手法，從別的地方弄花樣。最簡單的，就是把米、油、牛肉和其他食物賣給那些專門來收購的印度人。這種作為當然是違法的，因此，他們對監廚的人便不得不好好地「供奉」了。

照他們的規矩，監廚者根本用不著動手幫忙，只要在給養車到達時露一露面，表示表示就夠了；他們在後面小樹林的蔭涼處，掛好一張小吊床，作為接待的地方，讓你安安穩穩地睡一天覺；香煙茶水，當然是伺候周到，那三頓飯更是考究萬分，有雞，新鮮的魚，雞蛋和水果。於是，監廚者就在那兒當一天「老太爺」，他們便照常做他們的「買賣」。

除了監廚，還有一種「逃避」牛肉的辦法，那就是住醫院。假如當監廚是做老太爺的話，那麼住醫院便是做神仙了。

但，在蘭姆加，我只住過一次醫院。像「傻吊」這類人物，差不多一兩個月便要找個理由進去睡幾天的。

蘭姆加醫院離市街不遠，規模相當大，醫院的四周圍著鐵絲網。入院之後，便要換上醫院發給的制服。病房是在那些石棉瓦平房之內，不分等級，每幢病房有五六十張病床。護士小姐全部是美國人，對病人照顧得非常妥貼；早上替你理床褥，晚上幫你放蚊帳，甚至還餵你吃飯——假如你的病況有此需要的話。碰到那些兵油子，故意去麻煩她，她也照樣做，只是做完了便笑著用生硬的中國話向你說：

「你最不乖，他最乖。」

有些傢伙就是要聽這兩句話，才故意不理床鋪的。

那次我害的是瘧疾，忽冷忽熱；病發的時候昏天黑地，病發過了又是一個好人。我記得負責我們這個病房的護士小姐叫做裘麗安，據說是所有的護士小姐裡年紀最大的，看起來有三十三、四歲；她的身材高大，有點胖，皮膚白而粗糙，手腳上長滿了金黃色的毛。只要她的腳步一踏進病房，就可以聽到那些搗蛋鬼們裝模作樣的哼，這裡痛，那裡不舒服，目的只是希望和她接近一下。

「她的手真軟。」

「我覺得她身上有一股牛奶味道！」

這就是他們事後談論的話題，然後，便如數家珍地說幾號病房裡的小姐有羊騷臭，幾號病房裡的小姐最會灌米湯等等。總之，他們有時在故意捉弄她們，但她們從來沒有發過脾氣。後來我在一些外國影片裡發現，外國人也有這種「毛病」，像是生病的人不吃吃護士小姐的豆腐，病就好不了似的。

我雖然沒有這樣做，但這位裘麗安少尉（她們的階級都是少尉以上的）對我卻非常親切，整天給我灌牛奶。記得有一天我發病的時候，六月天裡忽然下起杯子那麼大的冰雹，屋頂的石棉瓦都打穿了，大家都躲到床底下去，因為我在發高熱，不能起床，她便用一張空床反蓋在我的床上，然後坐在床邊陪著我。此後，我總覺得她對我比對別人好一點。快出院的時候，我將一幅她的素描送給她，那是她在為對面病床的憲兵班長打針時我畫的。看了我這張白卡紙上畫的畫，她叫起來。

「啊！你畫得太好了！真的像我呢！」

「你喜歡嗎？」我用英語問她。

她吃驚地轉過臉來望著我。

「你會說英語的，」她說：「你為甚麼一直都不跟我說呢？」

「我說得不好，」我有點羞澀地回答：「我怕你會笑我！」

「當我說『你最不乖，他最乖』的時候，你也會笑我嗎？」

我跟著她笑了。後來她又問了我一些話，才得意洋洋地拿著那張畫走掉。但是那天傍晚，她卻帶了好幾個別的病房裡的護士小姐來，要我給她們畫，同時要在紙上寫中國字。

從那天開始，我的「生意」真是門庭若市，同病房的哥兒們每個人都要畫一張，有些還指定要我畫哪一個護士小姐的。

總而言之，為了怕吃牛肉，我們想盡辦法。後來聽說出發到前方之後，便不再吃牛肉了，於是我們便天天盼望早日出發。

從這年的春天，三十八師和二十二師已經先後向利都（Ledo）開拔了，跟著走的，還有砲兵團和騾馬輜重兵團等部隊，直到十月二十九日攻下新平洋（Shingbwiyang），我們才接到出發的命令。

到達前方之後，牛肉果然有一個時期絕跡了，我們吃的是一種以前從來沒有吃過的「羊肉」罐頭。但是，我們很快地便發現這種肉腸有一股怪味，而且顏色和形狀酷似大便，實在使人難以下咽。

「傻吊」見多識廣，他以第一次世界大戰德國糧食缺乏，科學家們用糞便製成食糧給士兵們吃這個傳說為例，使我們開始懷疑這種肉腸即使不是糞便，至少也不是一種甚麼高明的東西。

於是，我們曾經全體罷吃，以示抗議。結果特務長在下週領給養時，又設法領到一些牛肉罐頭，才算把這件事平息下來。但，我們對牛的痛惡如故，我們幾乎每個人對牛肉都詛咒過千萬次，同時還指天發誓，說以後在「能夠不吃牛肉」的時候再吃牛肉，便如何如何。的確，回國後，我曾經有好幾年不敢碰牛肉，可是現在牛肉卻是我最嗜愛的肉類，想起當時的情形，反而覺得很可笑了。

利都

到前方去，只是我們離開蘭姆加時的一句口號，實際上我們只到達印度阿薩密省的北端，接近中印緬未定界邊緣的一個小鎮而已。

那就是國內外聞名的利都。

我們所經過的路線，所乘用的交通工具，和丁江來時完全相同，只是最後的一段路程改乘了小火車。鐵路依山勢而築，走起亦顛簸搖動得很厲害，沿途可以看見很多翻覆在路側的車頭和車廂，令人觸目驚心。車行一夜，才在一座荒涼的樹林裡停下來。

我們的營地離利都七、八公里，在通往新平洋公路邊的一座叢密的樹林裡。那是二十二師住過的，現在留下一間間用竹子搭成的富有南洋風味的房子。我們只要稍加整理，便可以住進去。

在營地後面，有一條淺淺的河流，清可見底。到達的那一天，由於沿途勞頓，身上骯髒不堪，所以當我們發現它時，便迫不及待地脫衣跳進去。

結果，先下水的幾個人，差點害上肺炎。因為氣候雖然躁熱，但河水卻冰涼刺骨。後來我們才知道這就是大雪山上流下來的雪水。只要走到前面河道的彎口，便可以看見藏印交界的白皚皚的山巒。

日軍第十八師團，在我們反攻之先，已經由緬北沿著當年我們撤退的舊路，修築了一條便道，滲進野人山，虎眈印度，而且，他們還屢次襲擊邊境卡拉卡（Kalak）和塔家鋪加（Tagap Ga）的英印守軍。因此在初期的反攻戰爭中，盟軍進展得相當緩慢。

所以，我們到達利都之後，便奉命暫時安頓下來。

我們這個連，以修理汽車為主要業務，所以第一步，就得在公路對面的樹林裡開闢出一個工場。這確實是一件非常繁重的工作：我們要先把所有的樹木砍倒，然後將它們移開，再把樹根挖掉，把地基鏟平，等到場地平好，才把工作帳篷支起來，展開工作。單單這一點佈置工作，就得忙碌一兩個禮拜。有時，我們對那些凸出地面的大樹根和連成一片的竹根哭笑不得，它們時常使我們白費力氣，挖上幾尺深都拉不起來，把我們弄得精疲力竭。

而最令人痛恨的，是當我們到達一個新的地方，辛辛苦苦地剛把工場搭好，新的出發命令又下來了。所以，後來我們一聽到出發的消息便渾身發抖。

到了利都之後，我們的生活便不像在蘭姆加時那麼嚴肅刻板了，內務檢查由於各排的住所不同，無形中取消了；到後來，甚至早晚點名都不用舉行了。每天，我們按時到工場去工作，到了時間便自動收工回來休息；星期天，我們可以隨意到利都去玩，不必趕著回營銷假。

其實，利都除了火車站、一座小鐵橋，和一個小市場（幾乎都是攤子）之外，便一無所有。在那些攤子上，我們可以買到固齡玉牙膏、力士香皂這一類日常用品，只有一樣，是在蘭姆加買不到的，那就是象牙筷，每副只賣十盾盧比。

離利都不遠，有兩個比較大的市鎮，一個是丁蘇卡，一個是地布魯卡，我們可以在利都橋頭，搭乘便車或是坐火車，去玩一趟。

記得有一次剛發餉，我和劉潔、「傻吊」三個人，一起到地布魯卡去，先在招待盟軍的餐室吃了一頓豐盛的西餐，便到街上亂逛。當我們經過一家印度電影院時，「傻吊」提議看一場印度電影。在蘭姆加，曾經集體到電影院去過，還看過一部國產片子（片名好像是「白雲故鄉」），從來沒有看過印度片子。當時也許是口袋裡有幾盾盧比，而且覺得無聊，於是便買票進去。

「傻吊」向來是以耍派頭出名的，他要買最貴的票子，兩盾盧比一張，我們當然沒有理由不贊成。那個票窗和那種兩個安那一張的票窗有很大的區別，入場時也是從另一個門進去的，這種氣派滿足了「傻吊」的虛榮心。但是我們總覺得那兩個收票員的神色不對，像是想要向我們說甚麼，又不敢說似的。那個帶位子的印度人畢恭畢敬地帶我們到樓上個一包廂裡。那個包廂一共有四張華貴的鏤花大座椅，鑲有紫色的絲絨墊，兩旁還垂著同色的絲絨幔子。

「夠氣派吧！」「傻吊」得意地說，然後在前排右邊的一張椅子上坐下來：「喂，坐下來呀！」

我們正要坐下，發覺那個印度人向我們含著一個神秘的笑意，仍然站在我們的後面。

「還有甚麼事？」「傻吊」用一種威嚴的口吻問道。

那個印度人欠著腰，小心翼翼地將一張票子遞給他，然後讓開一步，向我和劉潔伸伸手。

「請到這邊來，先生。」他用帶有濃重印度口音的英語說。

我們和「傻吊」對望一眼，只好跟著他走出包廂。結果，我和劉潔每個人也同樣地坐一個包廂。原來每張票子是包括四個座位的，這次我們的派頭，未免擺得太過份一點了。

我坐下來，很想笑，我知道他們的心情一定也和我一樣。至於那張印度神話歌唱片子，我根本無心去看，我只擔心散場走出戲院時，走的步子不像一個「貴族」。

野人

到了利都不久，我們便替「張大郎」多加一個更確切的外號，就是「野人」。

其實，野人山上就住有一種野人：喀欽族，通稱山頭人。那是一個未開化的民族，兇悍異常，嗜殺成性，在軍隊經過這座原始叢莽之前，他們還保存吃人和獵頭的風俗。

但，張大郎的「野」卻和他們不同。他像一隻鼬鼠一樣，成天在樹林裡鑽，回來的時候，衣袋裡總裝滿了香菌木耳這一類的「野食」，然後，他便在帳篷外面用一頂美式鋼盔煮食。最初，我們對於那些可能有毒的東西望而生畏，儘管他如何客氣，我們始終不敢入口。但，他始終沒中過毒。有一天，他帶了些竹筍和野菜回來了；經過一段「試驗」時期，我們才放心吃他的「小鍋菜」。

張洪光對山林野地的常識非常豐富，他幾乎能叫出每一種植物的名字，他教我們喝竹子裡的水，吃一種帶有甜味的芭蕉根，因為罐頭食物吃怕了，所以我們對於他找回來的東西非常發生興趣。

他還有一件令人不可思議的地方，就是不怕蛇。在開闢工場的時候，我們已經吃足了吸血螞蝗的苦頭，牠們從我們的衣領、袖口、呢綁腿下面，鑽進我們的身體裡，防不勝防。但「野人」像是從來沒有碰到過，當他看見螞蝗釘在我們的身上時，他只要輕輕一拍，螞蝗就脫掉了，最初我們曾經有人因為不懂得對付，而硬把牠拉斷，結果螞蝗的頭仍留在肉裡。他每天到樹林裡，既不紮綁腿，也不帶槍，有一天中午，他忽然抓了一條六七尺長的大蛇回來，那條蛇是活的，纏在他的手臂上。

「別怕，這是錦蛇，咬不死人的！」他似笑非笑地對我們說，露出兩隻醜陋的鼠牙：「你們過來摸摸看！」

等到大膽的人伸手去摸時，他說他還要抓兩條毒蛇，再一起吃。但由於保管不便，當天晚上他便把這條蛇煮熟吃了。我們都是圍在旁邊欣賞他吃的觀眾。

有一天，他忽然氣急敗壞地跑回來。

「一定是一個很大的東西！」他喘息著說。

「沒看見了嗎？」我們問他。

「沒看見，」他答道：「不過你們去看看便知道了！」

五分鐘之後，「傻吊」，劉潔，我們六、七個人組織了一個探「險」隊，帶著槍，跟著這個「野人」走進樹林裡去。

原來那是一大堆糞便。

「你們說這是甚麼東西拉出來的？」他認真地說：「我曾經用手去試過，當中還是溫熱的。」

我們望著那一大堆獸糞，都沒有說話。我發誓對於此道毫無研究，但「傻吊」卻證實這是大象拉出來的。依據他的邏輯，就是除了大象，沒有任何一種動物能拉出這樣「偉大」的一堆。當然，我們也沒有理由反駁他。搜索了一陣，他終於在我們都看不出有甚麼異樣的地方「發現」象的腳印了；我懷疑他對泰山影片過份入迷，同時也希望那些知識對他有幫助——讓我們追到那頭大象。這是毫無疑問的，我們每個人都幻想著：兩個人扛一根象牙回來時的情形。

「傻吊」認為我們有六七支槍，即使碰到獅子老虎，也可以對付的，於是便自任隊長，拖著「野人」在前面循著只有他自己看得見的「足跡」開路前進，我們橫抓著槍，一本正經地跟在後面。

可是轉了半天，我們所找到的，並不是那頭拉過大便的象，而是一個喀欽人的部落。

在利都，我們曾經看見過一些被軍隊雇用的山頭人，當然他們是「受過一些文化洗禮」的，至少，他們知道槍和手榴彈要比他們的刀子和矛利害，罐頭牛肉比人肉好吃。

現在，問題是這個部落裡的野人是不是懂得「文明」。我在博幹男中尉那兒，曾經讀到過一本美軍印發的小冊子，約略知道一些關於喀欽人的風俗：他們因為嗜殺，所以部落與部落之間仇恨極深。男人們從小便用刀在臉上劃出許多虎斑，疤痕越多表示越英勇；敵人的頭骨就是他們的榮譽，財產和飾物。同時，他們極其迷信，無論山水草木都有神；他們認為有神的地方，便紮上兩塊布片，或者一個竹架，誰碰了它，便犯了他們的忌諱；而最忌諱的，卻是生人不能從後門走進他們的屋子，不然，他們非要將你殺掉不可。

為了避免麻煩，連「傻吊」也打算撤退的，但是已經太遲了。我們看見幾個拿著平口長刀的漢子已經發現了我們。在這種情況之下，退出去反而不妙，不如硬著頭度進去觀光觀光，反正我們都有武器，用不著怕他們。

進去之後，我們提高警覺，逕向一間離開地面四、五呎高的竹棚走過去，看來那像是他們的酋長的房子。

一個壯健的老人走出來了，當我們善意地舉手向他招呼時，他也跟著把手舉起來，然後示意要我們爬上他的竹棚。

竹棚不寬闊，篾牆上掛了一大串死人的頭骨，虎皮和鹿角一類獵物。他要我們席地圍坐在一個火盤旁邊（擺夷和緬北一帶的人都有燒火盆的習慣，大概是要留著火種的緣故）。這情形很尷尬，你望望我，我望望你，大家都顯得無話可說。

最後，我只好將自己從那本小冊子上學來唯一的一句山頭話向他說了：「額亞！額亞！」

「額亞」是喀欽話「好」的意思。老人睜大了眼睛，顯得很驚訝。他以為我懂得喀欽話，於是便嘰哩咕嚕地向我說了一大片，我只好笑著搖搖頭，表示聽不懂。他顯得有點失望，但又彷彿不大甘心，一定要我們明白甚麼似的。

劉潔用廣東話低聲向我說：「我早就說過不要進來的！」

我還沒有回答，老酋長已經把頭伸過來，一邊揮著手，意思是叫劉潔繼續說下去。

「別緊張，看樣子沒有甚麼大不了！」我說。

現在老酋長興奮地笑起來了，他把身體移近我，然後指指我和劉潔，用一種生硬而遲頓的聲音說道：

「你，你，廣東人！」

他再重複一遍，我們才聽出來他所說的是不純正的廣東話。

「廣東？」我故意問。

「廣東！廣東！」他得意地點著頭。

忽然，我連呼吸都停止了。他開始激動地，斷斷續續地向我們說話，雙方都很吃力。我們還得在一旁接他的話，猜度他的意思。

這就是我生平所遇到的奇蹟之一，誰能相信面前這個野人竟然是從文明世界裡來的呢！

以下就是他的故事：

約莫在四十年之前，他——這位酋長還是一個精強力壯的小伙子，由於聰明伶俐，他剛從廣東老家跑到雲南來「撈世界」，就被一位馬幫的大頭目收留了。當時雲南還是一個邊荒之地，交通完全依賴馬匹，所以無形中便形成了許多幫口。比如迤西一帶（雲南著名的土匪窩），就純粹是雲南人的天下，外人休想插足；至於「桂幫」、「黔幫」和「猓猓幫」，他們只能在靠近自己省份的邊區活動。可是「廣幫」則例外，這並不是說他們這一幫有何勢力，只是他們要去的地方，別的馬幫都不大肯去，也可以說是不大敢去。他們穿過雲南的西南叢莽入緬、入藏、入印；那邊有的是好買賣，雖然不能說是一本萬利，至少收穫相當可觀。

有一年，老酋長已記不得是哪一年，他們一隊馬隊浩浩蕩蕩地起程入印，不幸在經過這裡時中伏，全體被這些野人俘虜了。大凡落入喀欽人手中的人，只有一個結果——被他們吃掉。這個馬隊當然也不例外，可是一起幾十人，一時吃不掉，於是喀欽人便一邊吃，一邊要那些未輪到的俘虜去替他們做苦工。到底文明的人腦筋要比這些未開化的野人管用些，這位當時還是俘虜的老酋長用他的手教會了這些野人很多技能，改良他們的耕作和用具等等；所以當他的同伴們全被吃掉之後，喀欽人仍然捨不得吃他，但，他的身分仍然是奴隸。直到十多年後，這個部落的酋長死了，他才被大家擁護為酋長，因為這些野人信賴他的腦筋。

做了酋長之後，他把逃走的念頭打消了。幾十年的野人生活，使他漸漸將外面的世界淡忘了。為了求生存，他和一般野人一樣殺人、吃人，臉上劃滿了虎斑。

最後，他粗野地笑著，回頭用手指指掛在牆上的一串串頭骨，斷斷續續地說：「我殺的——這些，是那個馬隊的！」

婚俗及其他

在這裡，我附帶記述兩個關於喀欽人的很有趣的故事，那是我在緬北八莫，一位會說雲南話的緬甸婦人告訴我的。

和國內某些地方的風俗一樣，喀欽人也興「搶婚」。

喀欽人認為談婚說媒是一件奇恥大辱，誰提議討他的女兒，他就得把誰殺掉。所以，當一對青年男女戀愛成熟之後（說明白點，就是當他們覺得互相有某種需要的時候）唯一結合的方法只有搶。不過，男的是故意去搶，女的是故意被搶，互相是預先約好的。

於是，當那個約定的時間到了，那位完全明白底蘊的母親便偷偷地在一邊幫他們的忙，當她眼看著自己的女兒被她的「未來女婿」搶走之後，先一聲不響，等到他們走遠了，才大聲叫嚷起來。那還用說：要討他的女兒已經是奇恥大辱，搶走他的女兒那還得了。皮鼓一打，驚動了整個部落。一分鐘之後，所有的男人們都拿刀拿矛地聚集起來，聽候那位被搶了女兒的老丈人吩咐。

「你親眼看見的嗎？」老丈人氣洶洶地問丈母娘。

「親眼看見的！」丈母娘回答。

「他們往哪邊走？」

「這邊！向這邊！」分明是向左邊，可是她偏要向右邊指。

於是，老丈人帶頭，如臨大敵地率領著全村的漢子向右邊追去。假如他們能夠朝著一個固定的方向，繞地球一圈，也許有追到的希望。不過，儘管每個人都知道，絕對追不到，可是每個人都很認真地追。這一追就是三天。

這三天之內，老丈人的家算是整個破產了，他得招待全村幫忙的人大吃三天，算是酬勞。三天過後，新婚夫婦在野外度完蜜月，又回來了。回來的第一件事，就是男方家長出面請客。當然，前三天女家怎麼請的，現在男家也得照辦。

當全村人圍著火堆，酒醉飯飽之後，男方的父親開始向老丈人講情：

「現在生米已煮成熟飯，就答應他們算了！」

「沒這麼容易！」因請了三天客而破產的老丈人咆哮起來。

「你我當年……也是……」

「那不管！非宰了他們不可！」說完，老丈人拔刀往地上一插，一抹嘴，走了。

事情當然還未了結。第二天男家得繼續請客，從早上吃到晚上，結果依然是：

「不成！非宰了他們不可！」

好了，第三天，再請客一天——男家也破產了。

晚飯吃完之後，男家只好請酋長替他們向女家講講情。酋長白吃了女家三天，又白吃了男家三天，自然義不容辭，站起來求了半天。這一來，老丈人算是有面子了，不過，他說有一個條件。

「那麼，你就把你的條件說出來吧！」酋長應許地說。

老丈人便悶聲不響地跑到外面去，搬一塊百把斤重的大石頭回來，丟在地上，然後指著那塊大石頭說：

「照這麼重的銀子賠給我！不然還是要宰！」

銀子？即使將他們全村的銅器鐵器加起來，也不會比這塊大石頭重。談判絕望了嗎？不！妙的在後頭。

這個僵局只是一種形式。現在，酋長又站起來了。他說，女家他白吃了三天，男家他也白吃了三天，所以非常不好意思，現在這件事情看看不能解決，一定要流血，所以：

「看在我的份上，銀子減輕一點！」

老丈人只好答應，於是酋長便拿起那把男家早就準備好的斧頭，在那塊大石頭上敲下一塊，然後將那塊小石頭拿走。

接著，全村的人有例可循了：「看在我們的份上，銀子減輕一點！」

於是，你敲一塊，他敲一塊；敲到最後，一塊百把斤重的石頭只剩下一小塊——最重也不會超過三塊銀圓。

就這樣，這門親事就算是功德圓滿了。

另一個故事是女人變虎，是咯欽人的一個類乎神話的傳說。

緬北和靠近野人山這一帶老虎很多，但，咬人的老虎卻很少；所以他們說，那些不咬人的老虎是女人變的——當然，變老虎的女人就是他們喀欽族的女人。

因為喀欽人的兇悍，所以部落與部落之間素不和睦，經常因了一點小事互相殘殺。當一場戰爭平息之後，一部份生還的人便多了幾塊人骨來裝飾和榮耀自己，部落裡多了幾個英雄；英雄的臉上多了幾條虎斑；另外，多了一批寡婦。

喀欽女人的貞操觀念如何？不得而知。不過，自己丈夫被敵人殺死了，妻子殉節報仇卻是必然的。這些寡婦報仇的方法，就是變成老虎，將仇人咬死。

據說她們變老虎的過程是這樣的：丈夫死後，她把自己關在村子外面的一間草房內，食物由家人送來，但，不能看見她；她每天在裡面求神唸咒，直到有一天她變成了老虎離開那間草房去報仇。這個時候，草房裡只剩下她的衣服，假如這些衣服被人移動，那麼當她報了仇回來，便再也恢復不了人形。因此，他們便說那些不咬人的老虎，就是那些不能回復人形的女人變的。

這只是一種傳說，究竟是否有那種不咬人的老虎？我們從未遇見過。到了緬北之後，我才知道緬甸人和擺夷人也有這個神話，而且深信不疑。

太帕卡

這年的舊曆新年，我們是在利都過的，而前方的部隊，卻已經解下了于邦（Yupong）之危，越過太帕卡（Taipa Ga），直撲孟關（Maingkwan）了。等到我們奉命出發帕卡時，已經是二月的下旬。

車隊向南進發，兩個鐘頭之後，便到達進入野人山的隘口「鬼門關」。單單聽這個名字，已經使人不寒而慄了，過了這座天險，前面就是縱橫四百里，高度平均在海拔八千尺以上的野人山。由於道路新闢，泥濘及膝，車子的輪胎要裝上防滑鏈條，才能勉強蠕蠕前進，可是到達位於胡康河谷入口的新平洋（Shingbwiyang）時，已經翻了兩部車子了。

野人山是一座人煙絕跡的原始莽林，假如不是因為民國三十一年緬甸戰事失利，國軍撤退部隊和難民們冒險穿過它進入印度，那麼直至今天，它一定仍然保持著與世隔絕的原始面貌。它可以說是一座黑森林，林內暗無天日，累年堆積在地上的腐葉是一個個能致人於死的陷阱，儘管工兵已開出一條車路，但仍然隨時可以遇到千百成群的猿猴，以及走獸巨蟒。

過了新平洋，就進入胡康河谷。在大洛和新平洋盆地的叢林中，縱橫著大龍、大宛、大奈和大比四條大流，還分佈著許多小支流；一到雨季，便成澤國。太帕卡就在橫貫胡康河谷的大奈河北岸。因為我們到達時是春天，河水很淺，而且清可見底。河面上架著一座橡皮浮橋，我們的新營地就在對岸。

在河邊的沙地上，我們仍可看見許多已經鏽蝕的，淹埋在沙中的大卡車，車身上還可以辨認出「西南運輸處」和「甘肅油礦局」等字跡，這些車輛都是撤退入印時遺留下的。在林子裡，也隨處可發現死人的骸骨，使人有隔世之感。

到達之後，我們照例在樹林裡搭建帳篷和開闢工場，然後展開工作。在這兩個月裡，我們的生活就如同旁邊的大奈河一樣平靜；白天，我們忙著修理由前方送下來的車輛，從那些駕駛兵那裡打聽前方的消息；黃昏的時候，便集體到河邊去游泳，往往游到入夜才回來。

有一天，有一輛屬於工兵營的卡車進廠修理，我們發現車上裝載有好幾箱黃色炸藥（ＴＮＴ）和附有引線的雷管，這些炸藥是工兵們用來炸倒大樹開路用的，並不希奇，但是我們從來沒有使用過。在河邊比較深的彎流上，我們曾經用手榴彈炸過魚，可是沒有甚麼效力，聽說用ＴＮＴ炸魚是最理想的，所以當那輛車子修理好之後，我們向那個駕駛兵要了半箱，而且從他那兒問明白了使用的方法，當天下午，便大夥兒到河裡炸魚去。

其實，只要兩磅炸藥便足夠了，但是我們竟縛了一大捆，將雷管的電線接在軍用手搖電話機上，然後划船將炸藥投進河心比較深的地方。因為是第一次使用，所以我們不懂它的性能，等到岸上的通訊兵小康搖了一下電話機，河心跟著發出一聲沉悶的爆炸聲，接著，河水被掀起兩三丈，現出一個大白圈，但，站在水裡的人，卻全體倒了下來。原來炸藥在水裡的震動，竟像針刺一樣，雖然很快地便恢復了，但是過了好幾天，肋骨仍然感到痠麻。

被炸死了的魚全浮起來了，河面一片雪白，大小不一。但是那些魚的樣子很怪，嘴唇大而厚，很像鱸魚。當我們游水出去撿拾時，竟發現一條半昏迷的大鯰魚，渾身光滑烏黑，牠時而浮上水面，時而側身沉入水底，後來由楊明傑他們幾個水性比較好的人合力對付，才把牠拖到岸上來。單單牠那扁平而有兩條觸鬚的魚頭，便裝滿了一隻大軍用鍋。因為牠的樣子太可怕，那天晚上我始終不敢沾筷。

這次炸魚，我們全連人吃了好幾天，因為接連一個星期，仍然不斷地有魚浮到水面上來，站在浮橋上，伸手可拾。

這就是我們在太帕卡時僅可回憶的一件事。但，在前方的部隊，卻打得非常出色。克復孟關之後，戰車第一營的小伙子們在瓦魯班（Walawbum）來了一次空前絕後的奇襲，兼以二十二師和三十八師的夾擊，結果把日軍自炫為常勝軍的第十八師團——它的前身，就是著名的久留米師團；自七七抗戰開始，它便橫行京滬各地，民國二十九年調到越南受森林戰術訓練，然後參加南洋各島的戰鬥，是日軍最精銳部隊——整個殲滅了。當那些輕坦克搗入他們的師團部時，那些不怕死的小伙子竟然跳出戰車，連日軍的戰旗和那方「大日本帝國皇軍第十八師團關防」都搶回來了。結果，這個關防讓他們發了一筆「洋財」，那些美國大兵幾乎排著隊來光顧，「市價」是蓋一下五盾盧比；有些要蓋在紙上，有些要蓋在襯衣上、帽子上、內褲上……。聽說後來這件事被上面發覺了，才命令這幾個小伙子把這個「財神菩薩」繳上去。

這件事相隔不久，我們又接到前進的命令了。

丁高沙坎

本來，命令中我們是被指定到孟關的，但到達孟關之後，緊急命令跟著就來了：繼續前進。目的地是胡康河谷南方的盡頭，靠傑布班山邊的丁高沙坎（Tingkanksakan）。

當我們接到這道命令時，如墜五里霧中。因為當我們到達孟關時，聽說前方的部隊正在攻打丁高沙坎，才一頓午飯的功夫，我們竟要開到丁高沙坎去？

從利都出發開始，我們所到達的地方，都是一片太平景象，只有在孟關，才見戰爭的痕跡，嗅到死亡的氣味。

孟關是一片低窪的平原，林木疏落。沿路都是那些未及掩埋的日軍的屍體，其臭無比；而它的土壤卻是赭紅色，彷彿是被滲透了血，看了就讓人噁心。一切景物，都和我們所經過的地方大不相同。它沒有野人山那麼森鬱，太帕卡那麼清麗，假如地上的積水再多一點的話，倒有點像沼澤；而那些被戰火燒枯，被彈片砍斷的禿樹，卻含有一種怪異的意味。

當我們午飯後聽說要到丁高沙坎時，並不是害怕，而是好奇。據我們所知，美軍和我們略有不同，他們的工兵，通訊兵和其他後方「雜牌」兵種，在某一種特殊情況之下，是完全和步兵一樣的。但是我們卻不同，我們除了本身的業務，可以說毫無戰鬥力。因此，我們懷疑那是因為前方吃緊所以臨時把我們調上去應急。

繼續進發之後，我們漸漸開始相信這種推測了。因為，前線的槍砲聲愈來愈近，黃昏之後，敵軍的砲彈竟然越過我們的頭頂，落到後面了！

入黑，車隊才緩緩地停下來，那時正下著雨。

從槍砲聲我相信這兒已接近第一線了，但，連絡官竟然要我們在這兒過夜。當前面一輛車的「傻吊」披著雨衣跑過來告訴我，同時要我去通知後一輛車時，我忍不住問道：「這兒究竟是甚麼地方呀？」

「鬼才知道！」他聳聳肩，走了。

慢慢地，我才發覺那些死屍發出的臭味比在孟關聞到的更濃烈，以致我打開了一隻豆子罐頭，竟然半口也咽不下。前線夜間照例是不准點火的，所以只好摸索著把吊鋪在一棵大樹與車架之間掛起來，雖然那時已經困倦萬分，可是那薰人的惡臭使我無法合眼。我和衣躺在吊床內，心裡除了在計算飛越頭頂的砲彈的彈著點，就在分析這種臭味：它像臭黃魚，臭鹹蛋，還是甚麼……

第二天早上醒過來，我剛側著身體跨下吊床，就發現大樹邊的水溝裡，浸著雨具已經腫脹生蛆的日軍屍體。

這兒就是昨天下午三時攻克的丁高沙坎，步兵和戰車部隊已經在入夜之前繼續向前追擊了！

當天中午，美軍黑人工兵部隊的推土機便開來了，鐵剷過處，那些被草草掩埋在路邊的日軍屍體，便被挖了出來，令人慘不忍睹。直到把那些殘手斷足清除後，這種臭氣仍然久久不散，後來我們雖然習以為常了，可是至少有兩個星期吃不下東西——尤其是那種色澤和味道惡劣的羊腸罐頭。

工場蓋好之後，前線的槍砲聲已經聽不見了，但是繼之而起的，則是成千成百的猴子的啼叫。這些討厭的傢伙，劫後餘生，又回到牠們的老家來了。白天，牠們在營地背後的樹林裡，嗚呀嗚呀地叫；晚上，仍然是嗚呀嗚呀地叫，聽了令人心煩。

過了兩天，牠們忽然對我們這些鄰居發生了興趣，居然攀到附近的樹頂上窺望我們，我們也漸漸地不以為怪了。有一天早上，帽子不見了，皮鞋少了一隻，大家才發覺有點不對勁，帳篷裡的東西被搬到外面，廚房被搜劫一空；以後，更是變本加厲。因此，我們除了在臨睡前藏好衣帽鞋襪之外，不得不設法對付牠們。

從利都出發之後，我們的步槍始終沒有擦過，槍膛早已鏽得「不見天日」了，據張洪光說，開它兩槍再擦是一個最好的辦法——雖然這種辦法據說是被禁止的，因為這樣會損壞來福線——因此，只要有空，我們便提著槍到後面的樹林去。

「張大郎」說他吃過猴腦，說是怎樣將猴子裝在木箱裡，露出一個頭，然後怎樣用小鐵錘將牠的腦蓋敲開，怎樣用精緻的銀匙去把腦子攞出來煮食，同時，說這是無上的補品，害得「傻吊」垂涎欲滴。我雖然也是廣東人，但對於外省人所說的「龍虎鬥」、「未開眼的吃飽了蜂蜜的小老鼠」之類的東西，我一樣都沒吃過，但是為了「復仇心切」，我倒想打一隻猴子下來長點見識。

但是，我們始終沒有好好地打下過一隻猴子。因為牠們中槍之後，總是死抱著樹枝不放的；後來為了我們的自尊心，總算打下過一隻——連樹枝打斷的，可是牠的身體，已經像一隻蜂巢了。見牠這種「死相」，即使吃了牠的腦子就會變成愛因斯坦，也引不起我們的興趣了！

沙杜渣

前方進展得實在太快，我們在丁高沙坎才住下不久，便開拔到孟拱河谷的第一個據點沙杜渣（Shadutzup）來了。

我們的營地就在湍急的孟拱河邊，那是一片平原，樹木很少，所以我們住的帳篷和工場很容易的便拉起來了。那是三月的下旬，炎陽如火，前方進展得很順利，我們的工作也異常輕鬆。因為離丁高沙坎不遠，而且車路很快地便修寬了，發了餉，我們有時還開車回丁高沙坎去，到工兵團的合作社去吃麵和吃燒雞。

但是，從丁高沙坎開始，由於我們屢出奇兵，所以日軍往往猝不及防，流散很多，這些頑強的散兵卻每夜四出騷擾，在丁高沙坎時，我們的步哨曾經被刺過一刀，差一點連槍都被他奪去。

到達沙杜渣的第三天，也同樣地發生了一次事件。不過，這一次較為嚴重，因為第三組的幾個膽怯的新兵亂槍發射，結果弄得一片混亂，敵我不分，連駐紮在前面的戰車部隊都趕來救援。

從這天開始，大家都提高警覺。可是，這種情勢卻造成了一個機會，使我們足足享受了一個月的口福。

部隊的主副食，完全是由給養站供應的，除了普通的給養，校官可以領到比較好的「校官給養」；這種給養有白麵粉、水果、火腿、雞肉和牛奶蛋粉這一類的罐頭食物，這些東西是士兵們夢想不到的；至於行軍的時候，則一律發給一種叫做「史迪威給養」的盒子；每人每餐一盒，裡面有一個牛肉罐頭、兩包麥皮餅乾、一包糖、一包茶葉或者奶粉、一包香煙、一粒維他命丸和幾張草紙。這種給養，初吃時津津有味，但是一兩天之後，便無法下咽了。因此士兵們對於校官們所吃的特種給養，多少有點妒嫉。

到達沙杜渣之後，我們便發現給養站離我們不遠，只相隔一片小樹林。同時，還知道負責這個給養站的，是三個美國軍士和幾個印度兵。為了害怕日軍散兵夜間來搶給養站——已經被搶過兩次——所以晚上那三個美國兵都離開那兒的，只讓那幾個印度兵看守。但是印度人向來膽小如鼠，即使有槍，也從來不肯冒險發射。

那天出公差去領給養，得到這份「情報」之後，「傻吊」一回來，便找楊明傑、王義方這些「亡命之徒」商量，打算冒充日本散兵，晚上去打劫給養站。

最初，敢去冒這個險的人的確不多，但是當眼看著我們果然平安地滿載而歸之後，連那些循規蹈矩的班長們，都躍躍欲試了。結果，兩個星期之內，我們「襲擊」了三次給養站。可是，當我們第四次照例先在給養站後面放了兩槍日本三八步槍，然後明目張膽地「摸」進給養站去，我們馬上便發現事情不妙，因為以前堆滿了各種食物的地方竟然空無所有，心裏一慌，連忙緊急撤退，第二天早上假意到給養站去探風聲時，才發現他們已不勝其擾，索性遷地為良了。但是那三次的收穫，我們足足吃了一個月，才恢復了以前只配吃普通給養的壞胃口。

在這些「事件」之中，打架也是值得一提的。

駐印軍的部隊裡，一共有好幾個劇團，時常在前方巡迴公演平劇。一得消息，我們寧可不吃夜飯，坐兩個鐘頭的車子，也要趕去看。

在這種場合裡，只要有外國人來參加，不論階級高低，一律被招待到前面的長官席去，這似乎是我們中國人禮待客人的一種規例。

可是碰到外國人開的晚會，情形卻完全兩樣。

有一次，好像是一個美國影劇界勞軍團的晚會，他們把座位劃分為前後兩個區域：前面屬於英美部隊，後面屬於中國和印緬部隊。可是，對於看戲，中國士兵們向不後人，必定早到；本來是七時開場，但是六點鐘已經把前面的好座位都佔據了。等到六時五十左右，那些洋人姍姍而來，已經無位可坐。在這種情形之下，他們當然很生氣，於是命令中國兵坐到後面去。可是，中國兵向來是當仁不讓的，而且外國人的命令，不遵從也不算犯法，於是只當沒聽見。這一下洋人可惱了，馬上找個翻譯官來傳達，聲明假如中國兵不把座位讓出來的話，這個晚會便取消了。這種話當然是很不禮貌的，加上在印度的中國「土包子」別的外國話不會說，卻聽得懂他們罵人的三字經，為了自尊心，索性大家不看，於是一聲喊叫，幾分鐘之內便連戲臺都拆掉了。受過這次教訓，外國人碰到可能有中國人來參加的晚會，一律左右平分，從此也就相安無事了。

特殊任務

當我軍攻下馬拉關（Malakwang），直下緬北的第一個據熙加邁（Kamaing）的時候，雨季到了，南高江的江水在叢林中泛濫，封鎖著地面上所有的道路。日軍則利用這個機會，企圖使戰爭膠著於加邁以北的地區，拖過這個雨季。而國內的戰爭，卻日益惡化，為了要早日打通中印路，史迪威總指揮定下一個突襲敵後重鎮密支那（Myitkyina）的計劃。因為密支那、孟拱和加邁，在形勢上鼎足而立，假如能出奇兵佔領，切斷補給後路，那麼孟拱和加邁便可不戰而克。這一來非但可以解決雨季的延滯，同時還可以縮短打通中印路的時間。

從四月下旬，我軍掃蕩庫芒山，進迫加邁的時候，一支中美混合組成的先遣部隊，便開始在孟關結集南下，隱伏在昇尼（Seingneing）附近的叢林中，候命進襲。

這只是突襲密支那的前奏，除了總指揮部的幾個高級將領之外，幾乎沒有一個人事先知道這個計劃。五月十六日的夜晚，連長忽然叫我到他的帳篷去，我困惑地問來叫我的「黑屁股」，究竟發生了甚麼事？但他說他不知道，他只看見沈炳華在連長的帳篷裡。

沈柄華是第三組的班長，從在蘭姆加開始，我就和他有彆扭，一直都互相不說話的。我想，這次一定是他又在連長面前搗甚麼鬼了。

進了連長的大帳篷，我發現連附也在裡面，他的臉色沉鬱，定定地望著我。

連長猶豫了一下，然後才向我說：「假如我派你去擔任一件非常危險的任務，你敢去嗎？」

我想了想，說：「只要別人敢去，我也敢去的！」

「其實，我不應該派你去，」連長笑笑，接著說：「可是，總部的命令，是要我們挑選兩個最好的技工……」

「兩個？」

「就是你和沈炳華！」

我回頭去望望他，他的嘴上含著一種不知是善意還是惡意的微笑。

「我覺得，除了你們兩個人，我怕連上再也找不到更合適的。」

這時，沈炳華——因為他是湖南人，我始終叫他做「騾子」——開口了。

他問道：「要到甚麼地方呢？」

「這是機密，」連長正色地回答：「連我們都不知道。命令是要你們在明天早上九點鐘到孟關向三十師師部報到！」

不容我們考慮，事情就這樣決定了。當我走出帳篷時，「騾子」向我說：「晚上你檢查好你的工具，明天早上我們六點鐘出發！」

我正想走開，連附出來了，他叫住我。他先告訴我，他曾經為了連長這個決定而和連長吵過架，同時要我不要害怕，還盯囑我好些在前方必須特別注意的事情。等到我回到帳篷，所有的人都已知道這件事情了。「傻吊」忽然一改常態，自動和「張大郎」替我整理工具箱，劉潔卻默默地瞪住我，使我覺得很不自然。

「你的樣子，像是我一去便不會回來似的！」我故意打趣地說。

「我聽說這個任務非常危險？」他低聲說。

「生死由命，」我說：「你說甚麼地方最安全呢？」

之後，他不再說話。其他各排的哥兒們都來看我，何萍——就是營長的那個老部下——還送給我一隻手轉馬達的手電筒。在睡下來之後，我本來想找些話安慰劉潔的，但是一句話也說不出口。

第二天，天還沒亮，沈炳華便進來叫醒我了。出發之前，連長還特別慰勉我們幾句。

在車上，我一直沒有和「騾子」說話。車子抵達孟關三十師的大操場時，七點還不到。但是操場上已經擠滿了隊伍，我們提著至少也有四十磅重的工具箱，跑了半天，才找到連絡的人。那位參謀把我們帶到一邊去，和另外的十多位同伴會合。他們是屬於輕兵器修理連的，也和我們一樣，接到相同的命令。

半個鐘頭之後，我們跟在那些部隊後面，乘坐十輪卡車到機場去。直至我們登上C-47型的運輸機，還不知道將要被載運到甚麼地方去。

突襲密支那

那天的早上，從馬魯（Moian）和喬哈特（Jorhat）兩個空軍基地，連續的出動一百多架次的飛機去轟炸密支那城西的帕馬地機場，當日本守軍躲進防空壕裡時，大批的運輸機和牽引著的滑翔機，便突然在戰鬥機的掩護下降落；同一個時候，隱伏在密支那附近的中美混合大隊和一五〇團亦開始向密支那襲擊。由於要想利用敵軍在倉卒間撤退而留下的輜重車輛，所以計劃中我和沈炳華便負責搶修的任務。

當時，剛下飛機的三十師第八九團以全力掃蕩機場附近的殘敵，而一五〇團則攻佔密支那車站，可惜通訊及補給連絡不夠，反被日軍乘機反撲，最後彈盡糧絕，只好用刺刀突圍，撤回飛機場。結果，日軍利用這個機會重新整頓部署，加強密支那四個防禦區的工事，使這次一天便可以獲得勝利的突襲功虧一簣，足足打了三個月，才把密支那攻下來。

我們乘坐的運輸機，是繼步兵之後降落的，當時密支那帕馬地機場正陷於最慘烈的戰火中；日本守軍倉皇地爬出防空壕應戰，第一批降落的飛機所拖曳的滑翔機，有些駕駛員在空中便中彈死了，有些則擱在樹頂上，結果機上乘載的戰鬥人員全部被地面上的日軍用機槍掃死，機上滴下來的血，把整棵樹身都染紅了；而有些運輸機在降落時便出了毛病，衝出了跑道，機毀人亡。在當時，既沒有陣勢，亦無從分敵我，所以當我們的飛機在跑道頭一架歪斜著的運輸機旁邊停下來，大家跳下飛機時，我只覺得我們是被圍在核心了，殺聲震耳。但，這一陣驚惶很快地便過去了，我忽然似乎甚麼聲音都聽不到，直至我們這十多個人在前面的幾棵樹下挖好一個小掩體，把自己的身體藏在裡面之後，我才聽見「騾子」用一種震顫的聲音警告我：

「蹲下去！蹲下去！」

我剛一縮下頭，一發砲彈正好落在離我們三十碼的附近，我清醒過來的時候，滿臉都是灰砂。

從那個時候開始，我的聽覺又恢復了，但，沒有畏懼，只是感到體內有一種甚麼東西在燃燒而已。入黑之後，肚子實在太餓了，而且在這個地方過夜似乎相當危險，於是向左邊摸索過去，才和三十師的人連絡上，可是，那時戰況卻在最不利的階段，佔領密支那車站的一五〇團要突圍後撤了，而後援補給卻已經斷絕。

第二天，雖然十四師四二團的增援人員已經空運抵達，但戰局並未完全安穩下來，我們只守著方圓數里的帕馬地機場，仍然四面受敵，直至我軍把機場兩側和背後的敵軍肅清，雙方才算是把陣勢劃分出來。

後來我們又換了兩次地方，才住到三十師師部後面。

我和「騾子」雖然參與了這次戰役，可是事實上，我們卻終日無所事事，只是吃飯、睡覺、挨砲轟而已！

四個「F」

就這樣，我們這個搶修組變得無事可做（吉普車和騾馬已經空運來了），每天看著P-40俯衝轟炸日軍陣地，掃射；躲在掩蔽部裡挨砲轟；再不然，就爬上前面英軍高射砲陣地旁邊的一棵獨立樹上，在那個竹子搭的狙擊巢上打瞌睡，總之，無聊得連數脈搏跳動都變成一種很好的娛樂。

於是，有一天，我自然而然地認識了他──「4F」；我之所以說是自然而然，因為他也和我一樣，終日無所事事。

我們住的地方，在三十師師部的後面，在一條小車道旁邊的掩體內，上面蓋著兩層人造絲空投傘（一層會漏雨）；斜對面的軍用帳篷內，是美軍通訊組，也只有兩個人；一個整天不說話的上士，和一個叫做法蘭克的P・F・C・（上等兵），據我所知，法蘭克每天寫一封情書，寫得像打字機打出來的一樣整齊。他們兩個人整天輪流搖發報機，我時常去幫忙，因為法蘭克告訴我搖發報機可以鍛鍊臂力。他們的後面，就是「4F」住的地方；再過去，是英軍的高射砲陣地，大概在到密支那半個月之後，我已經和他們混得滾瓜爛熟了。

「4F」的原名叫傑得，南美洲人，身材並不高大，黑髮，秉承有全部拉丁美洲人的愉快，喜歡朋友，以及懶惰的品性。天氣那麼熱，他難得到河邊去洗一次澡。到前方之後，我才發現美國兵大都如此「窩囊」，一到前線，除了身上穿的一套衣服之外，他們便將所有的東西全扔掉了。究其因，是因為怕背起來太吃力；所以，換洗衣服也可以免了。這樣說，並非是說他們永遠不洗澡，拿「4F」來說，他也偶爾到河邊去，就穿著衣服鞋襪走進河裡去泡泡，泡夠了，就到岸上來曬太陽。照他的邏輯是，既可洗澡又可洗衣服，一舉兩得，而且還節時省力。後來我時常看見別的美軍也這樣洗，才深信這也許是由教官教出來的。

至於「4F」這個名詞，起先我不甚了了，人云亦云，因為別人都這樣叫傑得。後來有一天我問他，他才靦腆地用著好些不必要的手勢來輔助他的解釋，而且還一連提出若干保證，證明他身體上的一切都是「A」，非常非常正常的，除了膽子比較小一點之外。人家這樣稱呼他，只是惡作劇而已。

原來「4F」也者，就等於我們的兵役體格檢查的「丁級」——沒有資格服兵役的人。在美國人看來，這是很丟臉的。等到我明白了這一點，我才了解傑得被留在這兒，不跟隨他的部隊（美軍第二〇九工兵營）到火線上去的原因。

自從我和他的友誼開始之後，他便天天到我的掩體來找我，指手劃腳（因為我的英語會話太壞），談天說地；在這段期間，他的話只可意會。不過，他有一個好處，並不一定要完全了解我的話。後來當他發現我能夠寫幾個比較深的英文生字和能夠唱幾支如Rose Marie之類的老歌時，他驚奇不置；在他和其他的美國兵的心目中，似乎認為我應該梳條小辮子才合理似的。於是，他不甘示弱，也唱他所能唱的流行歌曲給我聽。但，很遺憾，他缺乏音樂天才，走板失音，難聽萬分；等到我把整首藍色多瑙河哼了出來，他愣住了。自此之後，他時常向別人替我賣弄。

有一天，他突然提議搬到我這邊來住，他說他那邊太寂寞，住在一起比較熱鬧點。我沒有理由不同意他的說法，於是就在掩體裡挪出一點位置，給他加個鋪（四個彈藥箱併起來）。當天晚上，我就發現他的毛病，和要住到我們這邊來的原因。他膽子很小，睡覺時一定得要荷槍實彈，害得我和「騾子」生怕他睡迷糊了走火，當我們勸他將自動步槍的保險機鈕關上，他驀然大驚小怪地叫起來，反而說我們這種毫無準備是缺乏機警性，是愚昧而瘋狂的。

「最近日軍的散兵到處惹事，你們一點都不知道嗎？」他補充著說：「昨天這些傢伙整批地混進醫院吃晚飯呢。」

感謝上帝，總算是讓我從他這句話裡知道他要和我們住在一起的動機。以後，我成為他的膩友，形影不離。他開始學習潔淨——我送給他一套絲質空投傘製的內衣褲。他將他所領到的給養全都交給我，和我們一起吃那種半中不西的小鍋飯。有時我跑到英軍的高射砲陣地裡去和米契爾砲長他們聊天，他總是有點不高興，他說那些英國兵一個個都是「上士臉孔」，神聖不可侵犯！言下有恥與為伍之意。

密支那攻城戰的第十週，幾乎毫無進展，日軍躲在那座堅固的工事裡面頑抗；晚上睡在掩體裡聽槍砲聲，總有點越打越近的感覺。在這時候，三十師徵集的一百個敢死隊員在一個拂曉進發了，但，在連續的二十小時戰鬥中，我們僅攻下車站附近的一座小鐵皮碉堡而已。

這天，「4F」一早便被叫到連絡處去，回來的時候，愁眉苦臉地開始坐下來擦他的那支早已生鏽的自動步槍。過了好一陣，他才憂怯地說：

「他們命令我上去，因為前方需要人！」

「甚麼時侯動身？」我問。

「就在今天下午！」

之後，他悲傷得連話都說不出來了。我想：也許是他捨不得遽然離開我。為了酬答他的情意，我堅持著送他到九十團第×營的營指揮所。那地方距離他們的陣地不遠。

「你會平安地回來的，」我握著他的手，安慰地說道：「——你這次可有機會找到一面日本旗子啦！」

他不自然地笑笑。然後裝著堅決勇敢的樣子走了。

那天晚上，我感到有點孤單；到法蘭克那邊去聽重慶廣播，卻一連聽到好幾個關於「4F」的笑話，當然，都是針對著他的膽小而發的。睡覺的時候，我在暗自禱祝，希望老天爺能夠讓他做出一件出人意外的勇敢事情。

朦朧中，我突然發現「4F」站在我的前面，手上展著一支上面寫滿了「武運長久」和甚麼「龜次郎」等人名的日本旗。直至他用力打我一拳，我才證實這並非夢境。

「你怎麼回來了？」

「昨晚我的溫度把醫官嚇壞了！三十九度半！」說著，他神秘地笑笑，立刻又阻止我說話：

「——其實，一點也不困難，我吞下八片亞司匹靈，你當然知道這後果的！於是他們又把我抬回來了！」

我無可奈何地搖搖頭。問：

「那麼這面旗子呢？」

「我拿我的自動步槍向那個中國擔架兵換的。」他皺皺眉頭，喃喃自語道：「我真不明白，他要那支槍去幹甚麼呢？他自己不是也有一支的嗎？」

以後，「4F」每天都拿出那面日本旗子來細察一遍，然後小心地摺好，放進衣袋裡。

密支那終於克復了。第二天，美軍第二〇九工兵營生還的一百多個長滿了鬍髭的大孩子們凱旋回來了，他們就在「4F」原先住的地方——那個空場子上休息。他們發狂地叫著，大夥兒將「4F」高高地拋起來，唱著那支「把他送回老家去」的民歌。

傍晚的時候，「4F」來向我告別，因為他們的部隊就在晚上空運回後方休假。

「也許在加爾各答，也許在新德里，」他快樂地說：「啊，三個月另三天——美麗的假期！」

「你會忘記我嗎？」我打趣地問。

「不會！絕對不會！」他緊握著我的手，懇切地說：「所以，我請你替我寫一封中文信，下面署明你的部隊番號、階級和姓名。」

「做甚麼用呢？留做紀念？」

「當然，這是最大的原因。」他靦腆地頓了頓：「我請你替我證明，呃，就是這面日本旗子！當然，你要說……是我殺了一個日本大尉得到的——不很困難吧？你知道，我將它寄回故鄉，他們要將它陳列出來的……」

「於是你便變成一個英雄了！」

「你知道我不會，不是嗎！」他解嘲地笑起來。

不用說，那封信我是完全按照著「4F」的意思寫了，故事是虛構的，同時還加上好些英勇的形容詞。至於他後來是否會變成一個英雄，我不得而知；不過我想，讓那些愛他的人認為他是一個英雄，總是一件非常道德，而且充滿人情味的事情吧。

米契爾砲長

在密支那戰役的整個過程中，制空權始終在我們自己的手上；亦即是說，我們決勝的把握，完全賴於相距密支那三哩之遙的帕馬地機場。在戰役最惡劣的時期，我們的突圍部隊即被困守在那裡，苦鬥了半個月之後，才肅清了左右的敵人，向正面逐步推進。在這段期間，我們得感激美國空軍的合作；那些翼下攜有兩隻輕量炸彈的P-40式戰鬥機日以繼夜地轟炸和俯衝掃射日軍陣地，同時，還封鎖了密支那後面伊落瓦底江的補給線，迫使密支那的日軍部隊無法據守。但是，在彈盡糧絕的情況下，這三千個在三島有父母妻室兒女的「大和武士」終於達成他們的任務了。依照戰爭上的說法：他們是成功的，他們的精神是勝利的；因為他們「像是在行著神蹟似的」死守了三個月。可是，我為這些幽魂感到悲痛，因為下這個定義的人並沒有看見密支那城破後的慘狀：陣地裡的士兵已成餓殍，那張開的嘴裡有未煮的米粒；醫院裡的傷患，完全死在病床上，有的已腐爛，爬著蛆蟲，有的渾身浮腫，流著一種黃色的，惡臭的液體……

雖無由八莫飛來的日本零機也來光顧過三次（象徵性的，最後一次還讓我們飽受虛驚），但每次都鍛羽而逃。

由於上述的原因，米契爾上士「麾下」的那門四公分高射砲，可以說是英雄無用武之地。這樣說並非指他們（一班人）因此而可以安閒一點，他們依然是慎重其事地，循規蹈矩地操作著，永遠使你覺察出一股緊張勁兒。

這就是英國人之所以成為英國人的緣故吧。

最初，在觀念上，我對於英國人沒有好印象；雖然不和「4F」一樣，認為他們個個都是「上士面孔」，但，最低限度，他們並不使人樂於親近。以我的分析，他們神態上所表現的道學意味——不如說是形而上的意味太濃，那點可憐的優越感使人望之生厭。所以，在沒有認識他們之前，我到前面那棵獨立樹上去睡午覺總是寧可繞路而行，不願意走過他們的砲陣地。

漸漸地，我開始發現他們的執拗：他們的一舉一動，都像是照著「操典」上所指示的姿態做似的，除了每天例行的早晚擦砲兩次，假想空襲的戰鬥操練一次之外，值班的人永遠在大太陽底下，走來走去，三兩分鐘，用望遠鏡向四周瞭望一遍；其餘的人，則並排坐在一邊發呆；當那個身材高大的上士偶爾從帳篷裡走出來的時候，他們便霍然站起來，舉手敬禮。

看見這種情形，我時常忍不住發笑。

有一天，我走近他們的砲陣地，那位上士站在裡面，隔著高可及胸的沙袋向我搭訕：「高射砲很好，是嗎？」

他的笑容吸引住我。我發覺他的相貌很英俊，眼睛裡有一種沉毅而威嚴的光澤；他的嘴唇，是紅潤而柔軟的，四周連著頰上長滿了修刮得很光滑的、發青的鬍髭，以致他笑起來的時候，使人覺得有點親切之感。驀然，我竟懷疑他是否是一個英國人。

「是的，很有趣的。」我回答。

他回轉頭望望他的士兵，然後問：「你就住在前面？」

「就在車路邊。」我指指我們住的空投傘說。隨後，我告訴他我的姓名、階級和部隊的番號。

「我叫米契爾，」他馬上向我伸出手，「上士砲長。」

他的誠懇使我以後時常到他那邊去，漸漸地，那個身材和米契爾一樣高大（其餘的都很瘦小）的下士菲列浦和那個叫做史蒂夫的炊事兵也成為我的好朋友了，至於另外那六個士兵，現在我把他們的名字全忘了，但我記得他們一致地都叫我「潘球」（這是傑得給我取的字，他說這是墨西哥大英雄的名字）。

記得有一天，我從老遠的地方向他們跑過來，直喊米契爾的名字，旁邊的士兵馬上矯正我，他要我在他的名字上加一個「上士」；而他們互相之間，幾乎是上等兵對下士，也要「Yes Sir」一番的。我開始發現，隱藏在那種「紳士風度」後面，英國人和其他國家的人是沒有多大區別的；他們的矯飾，毋寧說是一種悲哀。如果照佛洛伊德的解釋，完全是「自卑感」在作祟，在這方面表現得最尖銳的，要算是他們對於美國人。後來我從和「4F」交往的事情上找到了例證。

我每次到那邊去，米契爾總是非常熱心地教我如何發射高射砲；他在地上用樹枝劃一個九宮格，解釋飛機的速度，方向，應瞄準的部位等……然後要我坐到砲位上面去，和我一起操縱方向和高低；假定某一架在飛行的飛機為敵機，於是我們便向目標瞄準。

「對！稍微高了一點——啊！發砲！」他一邊轉動著方向搖機，一邊興奮地叫道：「潘球！你應該是一個很好的第一砲手！——來，我們來追那架C-46……」

再過一些時候，這種操練變成我每日必修的功課。有時，他們強留我在那兒吃午茶或晚飯；我發現他們的給養並不比我們好，但他們竟毫無怨言，直至有一天我在閒談中向米契爾詢及時，他認真地說：

「這就是戰爭呀！比起來，我們要比英倫的配給好多了！」

有一次，來契爾勸我學他們吃紅茶葉（英國人似乎有吃茶葉的習慣，他們把煮過的茶葉渣放在盤子裡，拌些牛奶和白糖，吃得津津有味），我嚐了一口，便從此敬謝不敏。不過，我發現他們很缺乏白糖。於是在那天黃昏的時候，我從「4F」那裡弄到一小袋，拿去送給他們。

他們圍在一起，輪流著用手秤秤它的份量。

「最少也有五磅——Oh my……」史蒂夫感嘆地說。

「你應該為你自己留下一點的。」米契爾望著我，「你們平常不吃白糖的嗎？」

「你們留著吧！我還可以向他們要，美軍不會缺少這些的。」

他們開始變得有點不自然，我藉故走開了。

那天晚上，「4F」和我在帳篷裡聊天，菲列浦突然捧著一個紙盒站在掩體的入口，立正，向我敬禮，然後將手上的紙盒遞給我，嚴肅地說：

「上士米契爾命令我將這些閣下喜愛的乳酪（Cheese）送過來，如果閣下還需要的話，我們英國軍隊也不會缺少這些的。」

他走了之後，弄得「4F」莫明其妙。而我非常明白，這是因為我說那些白糖是美軍的，傷害了他們的尊嚴。自此以後，我在他們面前絕不再提起關於美軍的任何事情，可是，他們卻反而有意無意地跟我談起來，只是那些話裡以奚落的成份為主而已。在這個時候，我只好淡漠地應著，並不表示意見。當然，我也不會將這些話轉告「4F」或者法蘭克，就如同我不將「4F」批評他們的話告訴這些紳士們一樣。

一天下午，天角突然發現一隊機群，我正好在他們那裡，當菲列浦以一種可怕的顫動的聲音叫起來之後，整個砲陣地在一個最短的時間嚴肅起來。因為兩天前曾經來過三架零式機，投下兩三百個像蘿蔔那麼大小的殺傷彈。幸虧它們膽怯，是沿著伊落瓦底江江面飛過來的，所以機頭還沒拉高，便急急忙忙地將這些風葉信管式的小炸彈投下來了，結果，一個也沒爆炸，卻讓我們以為是定時炸彈，白白緊張一場。

「啊！老天！」米契爾砲長邊望著望遠鏡，邊激動地喊道：「是轟炸機，最少也有二十架呢！」

我們幾乎是屏息著呼吸，凝望著機群以一種沉重的吼聲向我們飛過來。

但，它們開始轉向密支那城區了。米契爾驀然與奮地叫起來：

「Mitchell！是我的兄弟！（這是他的口頭禪，因為B-25中型轟炸機和他的名字相同，也叫做米契爾）噢，藍底星徽，是中國飛機！」他回頭將手上的望遠鏡遞給我，說：「潘球！你來看！」

於是，他們開始議論起來了——密支那從來沒有來過中國飛機，也沒有來過轟炸機，數目這麼驚人的轟炸機。

現在，機群已經飛臨密支那的上空了，低低地，整齊地，投彈、掃射——轉瞬間，整個密支那被濃煙遮沒了。然後，機群繞了一圈，向帕馬地機場飛過來……

從發現是中國飛機開始，帕馬地機場已經陷在狂歡裡了；當它們飛得那麼低，那麼穩定，在密支那上空轟炸時，我聽到這些紳士們在讚嘆，預言轟炸後的後果。而這個時候，他們已經離開了他們的崗位，手舞足蹈地歡呼了。

「二十四架，都是我的兄弟，我的好兄弟！」米契爾發狂地擁抱著我，嚷著：「Ting-how頂好的好兄弟！」

接著，他們將我舉起來，唱著歌，繞著高射砲打轉。

晚上，消息傳來了，機隊是由國內飛來的。從第二天開始，米契爾改口叫我做「兄弟」，不再叫我的名字。隨後，密支那克復了，我被調回沙杜渣，臨走的那天，米契爾將他僅有的一張照片送給我，同時，還在相片的背後寫了兩行字。我向他伸出手，說：「謝謝你，上士……」

「不！不！」米契爾認真地截住我的話：「就叫我的名字——米契爾，或者B-25，甚至就叫兄弟！」

我望望菲列浦他們。他們會心地笑起來。

這十多年來，我痛恨英國人那種見利忘義的作為，我說不出內心對這個國家的厭惡。可是，這並不影響我這一段記憶。每當我看見那雙引擎雙機舵的B-25中型轟炸機掠空而過，我便想到米契爾和他的伙伴們。如果他們變成我們的仇敵，對我個人而言，就允許我稱他們為：「可愛的仇敵」吧！

火箭・火車・象

我是在蘭姆加軍區認識李長浩上尉的。那個時侯，他是附員，軍官隊另外一個名字就叫做附員隊，部隊經過改編後剩下來的軍官，便集中到那裡。照軍隊裡的說法，就是「領乾餉，吃閒飯」。我忘了他住的是第幾號營房，只記得是和游泳池在一邊的。對於這個「隊」的印象，我只覺得有點雜亂無章。大概都是軍官，誰也管不了誰的緣故。放假的時候，有時侯我也和劉潔去看看「大排長」和「拿破崙」他們，聽他們發牢騷，我就在這種情形之下認識李長浩的。由於他也是廣東人，所以很快地便和他混得很熟。那時候，我們時常到軍區的游泳池去游泳，他幾乎成天泡在那裡。後來軍區舉行一次游泳比賽，由於我平常吹牛吹得太逼真，「狗熊」連附為了部隊的「榮譽」，強迫著我報名參加二千公尺的蛙式，結果，出人意外，我竟然得了第一名，因為另外兩位競爭者臨時棄權；但，那一次表演，卻讓我吃了一肚子的水。即使如此，我仍把這次「勝利」歸功於我的「教練」——李長浩上尉。比賽之前，他幾乎每天都對我說：「不要計較快慢，只要游完它！」並不像「狗熊」連附說的：「你一定要游完它！」後來我們出發到前線了，從此我便沒有看見過他。

但到密支那不久，我突然又碰到他，原來他已經是三十師的作戰參謀了。同時，他告訴我，「拿破崙」也在密支那，現在是通訊排的排長。

參謀部就在師部前面，離我的帳篷只隔著七五山砲的陣地。平時，他很歡迎我到他們那裡去，因為我可以幫他們複寫一種專供前方使用的作戰地圖，所以密支那攻城後期的戰況，我非常清楚。當時由於日軍躲在堅固的工事裡面死守，所以我們的犧牲相當大，雙方的陣地接近到歷史上最短的距離——十碼，因此，飛機反而不敢炸射，砲不敢轟，怕傷到自己人。單單攻一個火車站，就打了半個月。每天只能進展幾碼。

有一天，當我要到參謀部去時，半路上碰到了他。

「潘仔！」他用廣東話向我說：「來，跟我一起去！」

他的個子高高的，相當英俊，而當時他那種凜然的神氣，使我不敢問他要去甚麼地方。

我跟他到了美軍連絡組，一位美軍少校引領我們到一個掩體前面，然後由兩個美國兵把一門火箭砲架起來。那種火箭砲很特別，一門砲只發一顆砲彈便報銷了，它的口徑比八八重迫擊砲大，簡單得只有一個五尺長的發射管和一個三腳架，射程只有六十碼，發射時要把電線引到一百五十碼遠的掩體裡，不然會被震死的。等到講解完畢，我總明白這是專門用來對付密支那日軍的那些鋼骨工事的。

回來的時候，我輕輕地問李參謀：「甚麼時候才開始用這些火箭？」

「就在這兩天！」他笑著回答。

果然，第三天密支那便克復了，但參與這次戰役的人，很少人知道「火箭」這件事。

密支那克復之後，美軍把吉普車的四個輪子改裝過，當火車頭用。車廂是沒有圍欄沒有頂蓋的平卡，最多只能拖五節，起步的時候，如果裝載過重，車上的人便要下來幫忙推，半途停車是麻煩事，要拖個半里才剎得住。

有一天，李參謀突然到我的帳篷來，問我要不要跟他到孟拱去。

「坐甚麼車去？」我問。

「火車！」他說：「人推的火車，我還沒有坐過。」

「明天可以回來嗎？」

「最遲不會超過後天——我要到三十八師去接洽公事，一個人去太無聊。」

我沒有理由拒絕他的邀請，於是帶著槍，跟他一起坐上吉普。車子把我們送到密支那車站——所謂車站，就是一個歷史名詞；以前那兒是車站，但是現在已一無所有。半個鐘頭之後，火車來了，運來一百多個穿著掩護色軍服的英國部隊，其中竟然有一個傢伙會說非常道地的廣東話，他說他是在香港出生的，他看到我，快樂得像遇見了家裡人一樣。

「火車」開了，到孟拱去的人不多，所以走得相當快。我們坐在車卡上，腳伸到車外，說不出是一種甚麼滋味。

到達孟拱，我們找到一間連絡站之類的房子，一位小少尉問明李參謀的身分之後，他說：「象已經給您預備好了。」

「象？」李參謀困惑地望望我。

「那邊沒有公路，」少尉解釋道：「而且只有騎象才可以走過。」

除了動物園、馬戲班，和電影裡，我從沒看見過象，所以更談不到騎象了。所以當那個軍隊雇用的緬甸象奴把那頭大象騎來時，我和李參謀都感到有點不安。

那位少尉大概知道我們的心意，於是說：

「牠乖得很，不要緊的。」

象奴騎在象背上，用腳撥了撥那頭象的耳朵，牠笨拙地跪下來，讓我們跨上牠背上的藤兜——就和一隻大籮筐一樣，然後，牠才聽從象奴的命令站起來，開始出發。

半分鐘之後，我們才知道象雖然笨，但走起路來相當快，牠一邊走，一邊用鼻子去拔路邊的植物，再摔掉根上的泥土，然後送進嘴裡。象奴除了用一種怪聲和兩隻腳指揮牠外，同時還用一隻金屬的錐子去刺牠的腦部，起初我對他這種動作很害怕，後來看見那頭象毫無所覺，才放下心。

半個鐘頭之後，路沒有了，林子裡到處是水，這時我們才明白要騎象的理由。我們在籐兜裡，搖晃得很厲害，等到我們越過那片沼澤地帶，到達三十八師的師部時，已經兩腿酸麻，頭暈眼花了。

那天晚上，我們被接待在師部過夜，有好幾位高級長官都是廣東人。吃過夜飯，竟想讓我遇見在越南海防讀中學時的英文教員——梁樹權。他的弟弟梁樹基是我的同班同學，因為他們幾兄弟都長得很相像，文文雅雅的，所以雖然分隔了六七年，我一眼便認出來。那天晚上，我們談得很夜。本來第二天他要留我再玩一天的，但由於李參謀任務已完，我只好和他一起回去。

這次，我們坐的是小象，而且沒有籐兜，就像騎牛一樣，平平地岔開兩條腿，吃力得要命。而更要命，卻是這頭頑皮的小象，高興起來，就索性躺在水裡打浪，這一來我們當然變成了落湯雞，而那個象奴對牠毫無辦法。每次在水裡打過一次浪，牠身上便爬上幾隻大得出奇的螞蝗，那個象奴就像提著皮箱的環子一樣把螞蝗拔掃，使人望之觸目驚心。

總而言之，對於騎象，我的經驗是可一不可再，尤其是騎小象。後來，聽說三十八師回國時，還把那幾頭象也帶回來了。我想，那幾位負責照料象的、騎象回國的同志，屁股不生繭才怪。

瑪愛耶

軍隊裡有一句最流行的俗語：「三年不見女人，看見老母豬都是美的。」

假如拿這句話來形容我們剛剛開到加邁的情形，真是最恰當不過了。從民國三十一年冬天到印度之後，整整兩年中，我們的確難得看見一個女人；在蘭姆加，生活太緊張，沒機會接近老百姓，而且，印度女人身上的那股怪味，我們無法欣賞。但出發到前線之後，從利都開始，別說女人，甚至連看見一隻老母豬的機會都不可得了——說老實話，在那種原始森林裡，要想看見一隻老母豬，是比看見神都困難的。所以，當我們從沙杜渣出發到這個緬北第一個村落時，當我們看見那些俏麗的擺夷和緬甸姑娘那種輕盈的步子，那種純樸的笑容時，我們那份發自心中的新奇和狂喜，現在是十分難以描述的了。

記得，那時正好是雨季。南高江的江水在叢林中泛濫，封鎖著地面上所有的道路。而戰爭，則呈膠著狀態，進展得很緩慢。

克復密支那，地面部隊渡過伊落瓦底江，向八莫追擊。直到雨季將要結束了，我才由密支那飛回沙杜渣。但回到連部，我才知道自己所轄屬的第二組已出發到加邁。由於公路被泥濘堵塞，所以我等了三天，才乘搭一艘由美軍黑人駕駛的小汽艇到加邁去。

我們住的地方，就在離河邊不遠的小山頭上，後面是二十二師的師部，現在除了一部份留守人員，差不多全走光了。再往山坡上走，有一個很大的戲臺，露天電影場也在附近，每三日換片一次。這些，我一到，同伴們就告訴我。不過，他們說還有一件事情，因為那時已經是傍晚了，所以一定要第二天才能讓我知道。

我想：也許是甚麼了不起的風景吧。我沒有問下去，他們很得意，我當然沒有理由不讓他們保守著這份秘密。

第二天一早，「傻吊」就把我弄醒，說是帶我去見識見識。我近乎忙亂地漱洗之後，就跟著他走了。一路上，他只是偷偷地笑——我說過我討厭他這種詭譎的笑。直到下了那座小小的山頭，轉出右面的公路時，他才向我說：「你來得太遲了！」

「甚麼太遲了？」我不解地問。

「到了前面，你就會知道的。」

走到前面公路的岔道，我看見路旁的幾棵大樹下面圍著好些大兵。走近了，我才發現那些令人遐想的緬甸姑娘。她們穿著質料半透明的，短短的上衣，沒有衣領，袖管很窄。那上衣很短，使她們的小腹裸露著，下面是一條碎花布的沙籠。她們跣著雙足，盤膝坐在地上，面前的篾箕裡擺著一些野菜瓜果，新鮮的魚，以及我們這兩年來連作夢也沒有想到的豆腐。她們向這些大兵主顧笑著，露出她們白淨而整齊的牙齒，同時，還會說幾句簡單的中國話。

「她們都長得不錯吧！」「傻吊」碰碰我的手臂說。

我含糊地唔了一下。

「你看，她們的皮膚——你說像甚麼？」他頓了頓，接著說：「吹彈得破！章回小說的描寫。而且，劉潔已經寫了好幾十首詩了！」

「嗯……」我應著，走到其中我認為比較漂亮的一個面前。那緬甸姑娘望著我溫柔地笑。突然，我的肩膀被「傻吊」重重地拍了一下，我聽見他興奮地笑起來。

「到底是英雄所見！」他說。

我回轉頭，奇怪地望著他。他湊過頭，放低聲音繼續說：

「她叫做瑪喬美亞——是她們裡面最漂亮的！」

「你怎麼會知道她的名字？」我問。

他沒理會我，只是默默地凝望著瑪喬美亞——那個緬甸姑娘，用一種夢幻的聲音說：

「她是我的。」

「你的？」

「瑪喬美亞，」他將身體蹲下去，執著她的手，得意地問：「——你說是不是？」

她羞澀而多情地笑著，輕輕地推開他的手，然後將一個早已準備好的葉包遞給他，嘴裡喃喃地說著話。

顯然「傻吊」明白她在說甚麼，他很快地站起來，從口袋裡掏出一盾盧比交給她，然後和我離開那裡。

「現在，你總該明白為甚麼說你來得太遲了吧！」

「我還是有點糊塗。」我老老實實地回答。

「我跟你說吧，」他邊走邊說：「到加邁的第一天，我們就分配好了——當然囉，誰第一個發現就歸誰，一人一個，誰也不許搶誰的。所以，你可以看出來，瑪喬美亞和我的情感已經很不錯了；其他的人，當然，他們都知道怎麼樣去找尋樂趣的。」

「哦……」

看見我不響，他像是突然發覺了點甚麼似的停下腳步，用一種半探詢，半勸慰的口吻說：「用不著失望，村子裡還多著吶！我負責帶路，瑪喬美亞就住在那個村子裡。」

以後，「傻吊」差不多每天都向我提起他的瑪喬美亞。其他的同伴們也都向我提起他們的「瑪」甚麼的。後來我才知道，緬甸女人的名字上都有一個「瑪」字。而我，雖然有時亦為之心動，但我始終沒有到村子裡去過。我總覺得一個十九歲的大孩子單獨跑到村子裡去「獵豔」，終究是一件很可笑的事情。至於「傻吊」，可一直沒有履行他的諾言，我知道，那是因為他根本將那回事情忘得乾乾淨淨了。

不過，我每天都和他們在早上到那個小市場上去。我很快地便學會講幾句緬甸話，同時也認識了劉潔的「小甜心」——一個胖胖的，叫做瑪丁芝的緬甸姑娘。劉潔每天要為她寫一首詩，還要強迫著唸給她聽。愛情是促使人成熟的，分別了三個月，我發覺劉潔比我大上好幾歲了。

半個月過去了。駐留在加邁的後方部隊也陸陸續續的出發了，可是我們卻沒有半點消息。這樣又過了一些時候，我竟然開始有些不耐於這種百無聊賴的清閒生活了。

這天，早飯後，「傻吊」忽然向我說：

「一起到村子裡去嗎？」

「現在？」我笑起來，「我以為你已經忘掉了！」

「答應你的事，怎麼會呢。」說著，他用手拍拍身上掛著的乾糧袋（裝得滿滿的），提示地說：「可是，別忘了帶幾個罐頭去——這是見面禮。」

村子距離公路約莫有三里路，雖然也有一條狹窄的路通到那兒，但，路面上卻沒有車輪的痕跡。路的兩旁，有些樹木，除此之外，全是些高高的褐色的草叢。

「傻吊」警告我說：「以後晚間來，別忘了帶槍，因為這一帶有老虎。而且，在以前，軍人是不准許到村子裡去的。」

「你說以前？」我問。

「天高皇帝遠，現在加邁的部隊全走光了！誰也管不了！」

「哦……」

「從現在起，」他接著說：「你喜歡甚麼時候去，就甚麼時候去。」

越過一片田地和竹林，便看見那座村落了。那些房屋是傳統的緬甸山地建築，都是用竹子搭成的，頂上鋪著茅草；疏疏落落的，太約有四五十戶人家。進了村子以後，「傻吊」熟識而親切地向村子裡的人招呼著，然後帶我走到右面一棵大樹那邊去。樹下面有一間草屋，我知道那就是他的瑪喬美亞的家，因為我們才走近門口，便有一位中年女人迎出來，異常謙恭地招呼我們坐在門口空地的小竹凳上。然後，給我們兩杯那種用青葉子泡的苦茶。

於是她開始向「傻吊」說話，話裡不斷地提到「瑪喬美亞」，當「傻吊」用那生硬而遲鈍的緬甸話和她談話的時侯，我忽然看見一個身段很美的緬甸少女從樹後面向我們坐的地方走過來，頭上頂著一隻很大的水罐。我偷偷地向她打量著。

但，等到她在我們的面前停下腳步來的時候，我反而不敢去望她了，她站著，和瑪喬美亞的母親（「傻吊」替我介紹的）說了幾句話，便向前面左側的那間房子走過去。

「傻吊」發覺我那麼出神地望著她的背影，於是說：

「你喜歡她麼？」

這句毫不保留的問話使我的臉驟然紅了起來，連瑪喬美亞的母親也忍不住笑了。她簡略地向「傻吊」說了兩句話，「傻吊」突然重重地在我的肩上打了一拳。

「快點把鬍子蓄起來吧！」他用調侃的聲調說。

「……」我困惑地望著他。

「她剛才說你像個小孩呢！」

「誰？」

「瑪芝。」

「就是剛才的那個女孩子？」我指著側面那間屋子。

「不錯。走！」他很快地站起來，拉著我的手，說：「——我替你介紹。」看見我在猶豫，他補充道：「怕甚麼，你應該讓她知道，你已經不是個小孩子才對呀！」

瑪芝會說很好的雜有雲南土音的中國話，所以當「傻吊」看見他的瑪喬美亞回來而將我留在她那兒的時候，我很快的就和瑪芝很熟了。放好我送給她的罐頭，她一連說了好幾次感謝我的話，同時還要我在她這兒吃午飯。我正要婉辭，她急忙地說：

「你怕你的朋友要走麼——呀，他不到晚上是捨不得走的！他跟瑪喬美亞……」

「不，我是怕打擾你。」我吶吶地說。

「沒有的話。」她望著我，「——你以前沒有到這裡來過？」

「我才到加邁不久。」

「怪不得。他們呀，一到村子裡來就像回到他們家一樣，中國兵真好玩。」她又望了望我，忽然低聲問：「你也想在村子裡找個女朋友？」

我一時不知怎樣回答才好，而她卻輕輕地笑了。接著，她要我隨便坐坐，開始忙著做飯。

從瑪喬美亞和瑪芝的家看來，她們的生活是非常困苦的。他們的家，僅是具有一種象徵性的形式而已。屋子裡，是一張佔全面積一半的床（竹子編製的，上面鋪著光滑的竹片）；除了床角上堆著一些被褥和衣物，其他一無所有。至於烹煮的地方，就在門邊的地上，簡單地堆著幾塊石頭、水罐，和一些廚房用具。

所以當瑪芝坐在矮凳上做飯時，我可以異常仔細地端詳她的臉：緬甸女孩子的頭髮很美，黑而柔軟；瑪芝的髮式是散披在肩後的，皮膚白皙而光滑，她的舉動和她身體上任何一個地方的線條一樣，是柔弱的，使人一見便發生憐惜之感。

像是發覺我在注意她，她突然回轉頭，輕盈地對我笑笑。

「你今年多大了？」

「十九。」我羞澀地回答。

她笑得更自然了。

「一點都看不出來呢。」她認真地說，然後回頭去撥弄著柴火。

我突然有點被侮辱的感覺，我抑制著，但，鬼知道我會用甚麼方法報復她。可是，我終於說話了。

「你呢？」我問。

「你問甚麼——歲數？」

我點點頭。

「已經十七了！」

我幾乎笑出聲音來。

「一點都看不出來呢。」我學著她的腔調說。

「那麼你以為多大？」她靜靜地問。

「最多不過十四。」

「十四！」她掩著嘴笑起來。

我不能分辨她笑裡包含些甚麼，但我能夠肯定地說，這裡面並不完全是快樂。在文明社會裡，年紀之對於女人是十分重要的；雖然我對於這兒的習俗並不明白，但我將她的年紀少說幾歲，大概不會引起她的不快吧。

她慢慢地止住笑，用袖口去拭著眼角。

「我已經結婚三年了。」她淡淡地說。

「啊……」

「我的男人會回來吃飯的，」她繼續說：「等一下你就可以看見他了。」

我深深地吁了口氣，久久說不出話。

吃飯的時候，瑪芝的丈夫回來了。他是一個沉默的人，看起來年紀最少也要比瑪芝大上一倍。他始終低著頭，十分拘謹地吃著飯，當我要他吃我帶來的罐頭食物時，他才畏怯地向我笑笑。這種局面，是令我非常尷尬的，可是瑪芝似乎並不覺得，依然那麼殷勤地招待著我，和我談著話。

從她的話裡，我才知道這個村子裡住有好幾家雲南人，是從前到這裡來做寶石買賣的（離加邁不遠的孟拱，是聞名於世的紅寶石產地），所以在這一帶居住的緬甸人，大多會說幾句雲南話。

「可是你說得特別好。」我插嘴說。

「好？」她淡淡地笑笑，「那是因為我以前的愛人是雲南人。」

我望了望她的丈夫。

「你不懂緬甸人的風俗，」她解釋道：「女人在婚前是自由的，而且，愛人愈多丈夫覺得愈光榮；不過，婚後就絕對不能隨便。」

「這是很對的。」我說。

飯後，瑪芝的丈夫悄悄地走掉了，我在她那兒停留了一些時候，便藉故到「傻吊」那邊去。

「怎麼樣，很有趣吧？」傻吊問：「——瑪芝呢？」

我沒回答他的話，說是要先回去。

「回去？」他驚異地叫起來。頓了頓，他望著我的眼睛，又問：「她得罪你了？」

我搖搖頭。故作輕鬆地笑了笑。

「只是覺得無聊。」我說。

「跟瑪芝聊天，也覺得無聊麼？」

「不是這個意思。」我忽然抑制不住地向他說：「你應該早告訴我，她是有丈夫的。」

「哦……」他摸摸下巴，喃喃地說：「我真的把這回事忘了——我一直把她當做小姑娘呢。」

「誰說不是。可是，她結婚已經三年了。」

「傻吊」咬咬嘴唇，望著我。

「完全是天氣的關係！」他概括地作一個結論。於是，他拍拍我的肩頭，用手圈著我的背，走起來。

驀然，他又將腳步停下來，懇切地說：

「這樣吧，我請瑪喬美亞替你介紹一個。」

這次，傻吊真的將那回事忘了，他一直沒向我再提起過。但，我仍然時常到瑪芝那兒去。

在起先一個時期，她像是很詫異，後來當她從我的舉止談吐中看出我並非要想從她的身上獲得一些甚麼的時候，她才安心下來。這是一個默契，我和她都樂意遵守的。當然，我承認她的容貌和笑意時常使我顫慄，但當我想到她是以一種怎樣虔誠的心情接待我時，一切的慾念，都在這一瞬間煙消雲散了。

最值得欣慰的，就是她的丈夫也漸漸地了解這一點，所以在很短的時間內，我們便建立了很好的友誼。每次我到村子裡來的時候，總替她們帶來一些食物，和一些日常用品；空暇的時候，我向他們學習緬甸話，每學一句或一個字，我便將它記在小記事冊上，旁邊用中文注音。很快的，我已經開始能說簡短的緬甸話了。所以到後來，他們不管我是否聽得懂，決不用國語和我說話。

半個月之後，八莫克復了，於是開拔的謠言又被那些好事者傳開來，鬧得每個人都神魂不安。不過，我知道在短時期是不會成為事實的，因為雨季剛過，工兵們還得要有充份的時間修補那些洪水沖毀的公路和橋樑。而且，我們這支兵工部隊，沒有在密支那停留的必要，所以我想，下一個目的地可能是八莫；但在目前，這只是一種預測而已。

這天，當我到瑪芝家裡時，我看見一位陌生的中年婦人坐在床沿上，旁邊有一個十歲左右的男孩子，他的右腳是跛的，身旁丈著一根拐杖。我正要走出來，看見一個衣服骯髒的女孩子頂著一個水罐走進來。於是我在門口閃開一邊，讓她走進去。

我仍然站在門外，沒走開。而她很快地又拿著那隻空的水罐出來。看見我還呆站著，於是她微微地向我笑笑。可是當她正想走過去時，我說話了。

我用緬甸話問她瑪芝到甚麼地方去了。她顯然是為了我用「克米亞」（緬甸話「您」的尊稱）而感到驚異。她微張著那張小嘴，好奇地凝望著我。我發覺她的眼睛很美，黑而明亮，臉微圓，雙頰有天然的紅暈；嘴邊有兩個很明顯的笑渦；頭髮梳成一個髮髻頂在頭上，額上和耳邊飄著些短短的散髮。她的身材並不高，成熟而均勻，但我敢說她的年紀絕對不會超過十五歲。

她避開我的凝視，低促地對我說瑪芝就要回來的，便匆促地向小溪那邊走過去了。等到她的身影被前面的樹叢遮沒，我突然轉了念，將裝著食物的乾糧袋掛在門椽上，便向村後通往山邊那條的小路走去。我希望能夠在那座寺院的附近找到瑪芝，因為那一帶長有一種味道十分鮮美可口的野菜，她是時常到那兒去的。

可是，瑪芝並不在那兒。我隨手採著野菜。當我回來的時候，已經是近午了。

一走進門，我怔了一下。原來瑪芝他們（包括那三位陌生客人）圍坐在床上，看樣子是在等我回來吃午飯。

「啊，你到哪邊去了？」瑪芝急忙地接過我手上的野菜，抱怨似的說：「連我的客人都在等候你吶。」

「對不起，對不起。」我向其餘的人說。

這個時候，我才發覺那個女孩子已經梳洗過了，而且換了一身潔淨的衣服——是一種手織的細紗布，半透明的，上面印有淺紅色的小花。

瑪芝停下她那捏著飯團的左手，笑著對我說：「別把人家小姑娘家望得臉紅呀！」

看見我那張惶失措的樣子，她笑起來。然後向我介紹：「——她叫瑪愛耶，我的表妹；他是谷薩恩，是我的表弟，這位是姨媽。」

我向他們點點頭。

「他們才從八莫那邊逃回來，」瑪芝接著又說：「以前他們是住在這裡的。」

「那麼他們以前的房子呢？」我問。

「早就拆掉啦！這都是我們重新蓋的呢。」

「這樣說，他們得重新蓋了？」

「可不是。其實，並不麻煩，只是蓋頂的草料比較難找一點——我的男人下午得給他們到山腳去砍一點竹子回來。」

我不響。飯後我說得馬上回部隊去，瑪芝覺得很奇怪，問我，我也不說明原因，兩個鐘頭之後，我背著一塊沉重的大帆布和一些鐵絲釘子之類的東西回來。瑪芝她們正在離小溪不遠的空地上挖著洞，旁邊有好些才砍來的青竹；看見我那汗流浹背疲憊不堪的樣子，他們愣了一下，望望我，又望望地上的那捆帆布。

「噢！」瑪芝恍然大悟地笑起來。她隨即向瑪愛耶吩咐了幾句話，等到瑪愛耶走開之後，她回過頭向我說：「你先歇歇，等一下瑪愛耶陪你洗澡去。」

「等一下瑪愛耶陪你洗澡去？」我在心裡將這句話重複了兩遍，越想越糊塗起來——但，我相信瑪芝沒說錯，我也沒聽錯。

而瑪愛耶已經拿著那隻空的水罐來了。同時，將一碗涼的苦茶遞給我。

我接過茶碗，看見她那件短短的上衣已經脫掉了，沙籠由腰間繫到胸脯上；這是緬甸女人沐浴時的裝束。可是我不能理解為甚麼要讓一個女孩子陪著我去；難道說緬甸也和日本一樣，有男女同浴的風俗嗎？

「走吧，滿身汗，不難過麼？」瑪芝催促地推推我。

「可是……」我困難地說。

瑪芝示意地將頭湊近我，低聲解釋道：

「別再問了，這是禮貌——你到河邊去了就會明白的。」

禮貌，天曉得這是甚麼禮貌。但我終於跟著瑪愛耶到溪邊去了。

在溪邊，我呆呆地站著，這種情形是令人啼笑皆非的，我突然懷疑這是瑪芝的惡作劇，可是我從她們的神態上又看不出一點這種意味；至於潑水節（緬甸的新年），又不在這個時候……

「脫衣服呀！」瑪愛耶站在及脛的溪水中，用緬甸話說。

「哦……」我含糊地應著，無可奈何地脫下衣服和鞋襪，只剩下一條草綠色的軍用短褲。

她忍不住笑了。於是她要我向她走過去，指示我背著她，在她的面前蹲下來。她便提著那隻水罐從我的頭頂淋下去。那沁涼的溪水使我震顫了一下。

「擦擦你的身體呀！」她命令似的說。

「哦，擦擦我的身體。」我唸著。現在我完全明白過來了。我開始責備自己的思想太褻瀆。之後，我一邊擦著身體，她一邊將水淋在我的身上，等到我洗完了，她將那隻水罐遞給我。我接住水罐，有點困惑，看看她的神情是那麼莊重而矜持，正要發問，她已經背著我，在我的面前蹲下去。當我也學她一樣將水罐盛滿，在她的頭頂淋下去的時候，我看見她雙手蒙著臉，笑出聲音來了。

自從幫助瑪愛耶她們將那間用帆布做頂（不過，後來瑪芝的丈夫依然蓋一層茅草在帆布上）的房子蓋起來之後，我時常到她那兒去了；這也可以說是瑪芝在鼓勵我這樣做的。我每次去的時候，除了將一小部份食物和用品送給瑪芝，其餘的我完全交給瑪愛耶的母親。我送給他們兩床半舊的棉軍毯，和部隊裡吃不完的油、米和日用品；兩套舊軍服是送給她弟弟谷薩恩的，現在已經由他的母親將它改小穿在身上了，唯一遺憾的就是我不能替他找一雙適合他的皮鞋或者膠鞋。不過，後來我發現，他們是不慣於穿鞋的。我送給瑪芝丈夫的那雙皮鞋，他始終沒穿過。至於瑪愛耶，我在部隊裡用高價買到幾幅各種顏色的人造絲空投傘（在前方空投醫藥和補給品用的降落傘）送給她，因為村子裡的姑娘們，都在用這種既美觀而又堅固的料子做衣服穿了。

有一天，當我走進她家裡時，她將兩條用白色的空投傘製成的短褲遞給我。

「我是送給你，讓你做衣服穿的。」我說。

「我已經足夠了。」她溫馴地回答，而且說：「以後你不要再送東西來了，別人在說閒話呢！」

「誰在說閒話？」

「……」她垂下眼睛。

「村裡的人？」

她點點頭。

「他們不是也有人送東西給他們麼？」

「是的，不過我……」她欲言又止地扭開頭，走到門邊去。

「他們說些甚麼？」我走過去捉住她的手，問。

她不回答。推開我的手，提著竹籃走了。

我知道她要到寺院那邊去採野菜（為了我愛吃它），所以等她走遠之後，我就追趕上去。可是，她似乎不願意和我說話，在那兒只是低下頭自管自地採擷著那種堇色的野生植物，好幾次我攔阻著她，她總是用一種似乎哀求的口吻要我不要為難她，她承認自己今天的情緒很不好。結果，只採了半籃野菜，便匆匆地單獨回去。

從此（在一個星期之中），我難得看見她以前那種稚氣的令人心醉的微笑了。她開始有意地規避我，我從她母親那種憐惜的目光中窺見她的痛苦，而且，她從來不穿上我送給她的空投傘製成的衣服。為了要解釋這個秘密，有一天我一早便到市集（那時已儼然是一個市集了）上去找瑪喬美亞。

「我是絕對沒有這種意思的，」她困難地說：「你知道我和瑪愛耶從小就一起長大。」

「瑪愛耶對我說過的。」我笑笑，「我是說關於其他的人，對於這件事情——難道說真的沒有半點原因麼？」

她沉吟了片刻。

「我是不該向你說的，」她望著我說：「我怕你聽了會難過。」

「啊，不！這一點你儘可以放心，」我慫恿道：「而且，為了瑪愛耶，你認為不該將真相告訴我麼？」

她整理了一下思緒，終於說：

「是的，我來告訴你，總比你聽到那種流言要好一點——簡單點說，就是因為瑪愛耶再回到加邁來……」

「說下去吧。」

「在你們到加邁之前，瑪愛耶是跟一個日本軍官走的——那個軍官很喜歡她，後來打敗仗，他就帶了她一起逃。」頓了頓，她繼續說：「密支那又失掉了，他們就從山路走，後來，聽說八莫的後路斷了，而且在山上很苦，那個日本軍官不忍心害她，便放他們回來。這些話，都是瑪愛耶親口告訴我的。」她懇我地低聲問：「你會原諒瑪愛耶麼？」

我苦澀地笑笑。

「你怎麼了——我後悔將這件事告訴你了！」她急急地叫道。

「謝謝你。」我說。

回轉身，我連忙趕到村子裡去。我要從瑪芝的嘴裡證實這件事情。當我將瑪喬美亞的話再重複一遍之後，瑪芝掩著臉低泣起來。過了好些時候，她才抑制地抬起頭，沙嗄地說：

「是的，這是真的。」

「哦……」我開始昏亂起來。我不明白自己為甚麼會這樣，我發覺自己握著門椽的手在微微地顫抖，於是我一語不發地急急回轉身，像逃避著可怕的甚麼似的走開了。

「這事情你是不該責怪瑪愛耶的！」我聽見瑪芝在我的背後大聲說。

至少有一個星期，我沒有再到村子裡去。我被困在一種愁苦的情緒中，鬱鬱終日。「傻吊」和劉潔他們時常有意無意地告訴我一些關於瑪愛耶的消息，這只有加深我的痛苦而已；我不能了解自己這樣做的原因；但我十分明白，我一點也不恨她。有好幾次，我偷偷地替自己想出了好幾種理由，再回到瑪愛耶的身邊去；可是，我在半途又廢然而返了。

八莫攻克了。但我們的部隊何時出發仍遙遙無期。我幾乎沒有一天不詛咒著這件事。

舊曆年的大年夜，連長突發豪興，邀請全村的人到我們部隊裡來過年。這個消息一傳出去，全連為之雀躍歡騰，大家都認為這是「含有莫大的意義」；因為，連上差不多每一個士兵（連伙伕在內），都在村子裡找到一個情人了。這種聚會，對於他們來說，當然是值得慶賀的。

從這天清早開始，大家就開始忙碌著。因為依照連長的意思，餐後還在車場上舉行軍民聯歡晚會。黃昏的時候，一切都佈置停妥了；工程車的發電機軋軋地響著，在車場上牽著一圈電燈；場子當中，鋪著一塊很大的新帆布，作為表演的地方。

入黑之前，村子裡的人被接來了，滿滿地裝了四卡車。他們下車的時候，我不敢走過去，只是站在遠處眺望著，突然，我看見瑪愛耶了。出乎意外的她竟然穿著一件白空投傘製的上衣和一條藍空投傘製的沙籠，所以在人群中她的衣飾非常觸目。她的母親和瑪芝夫婦站在她的旁邊。

我突然發覺自己沒有勇氣走過去見她。

聚餐的時候，我已經在自己的帳篷裡喝醉了。我癱瘓地和衣倒臥在行軍床上，靜靜地傾聽著外面囂鬧的人聲……

顯然，晚會已經開始了。我聽見連長用半醉的、濃重的湖北口音致詞，然後由那位姓伍的華僑村民翻譯成緬甸話；再接著，那些令人心煩的節目開始了——「老百姓」的小提琴獨奏、合唱、相聲等等……

最後，我聽見激烈的鼓掌聲，尖銳的口哨和叫嚷聲，於是，幾個女孩子的歌聲異常清脆悅耳地唱起來：

「松──拆──啊……由爹，由爹，……」

我十分真切地聽到瑪愛耶的聲音雜在裡面。驀然，我激動地扶著床架站起來，跌跌撞撞地靠倚在帳篷的門邊。那個地方，我可以看見三個緬甸少女並排地站在那張大帆布上，邊唱邊跳著土風舞，時而合手，時而跪下來叩拜──瑪愛耶也在其中。

漸漸，我的眼睛開始模糊起來了，我不知道這場歌舞是甚麼時候結束的。突然，我覺得有一個冰冷柔軟的東西觸及我那垂在行軍床邊的右手。

在睜開眼睛的一瞬間，我已意識到瑪愛耶站在我的面前了。

「各表雀！」她哽咽地低聲喊著：「克米亞……」

各表雀是我的緬甸名字，是她在不久之前送給我的。她說各表雀是緬甸古時候一個英雄的名字，從此，她便用這個名字呼喚我。現在，驟然聽起來，我說不出心裡的感觸。

她緊握住我的手，望著我那漠然的眼睛，怯怯地說：「你看我穿的是甚麼？」

「瑪愛耶，」我聽見自己那冷冷的聲音說：「──你比她們都美！」

「各表雀！」她激動地撲倒在我的胸膛上。

我急急地從行軍床上端坐起來。

「你也用這個字叫他嗎？」我詰問。

「誰？」

「那個日本軍官！」

她震顫了一下。

「噢……」她疑懼地倒退兩步，嗄聲自語道：「——所以你恨我，你不要見我！」

「我沒有恨你！」我痛苦地搖著頭，大聲分辯：「我沒有！」

「——你怕聽他們說的閒話！」

「那是你，不是我！」

「我？」

「是你怕，是你先躲開我，是你要我知道這件事情。」

半晌，她緩緩地再回到我的身邊，愧疚而深情地說：「可是，現在我不怕了，我已經來了！而且，你看我穿的是甚麼衣服……」

我沒讓她把話說完，突然伸手去緊抱著她，發狂地吻她，吻裡有酒氣和淚的鹹味。

「你也喝酒了？」我在她的耳邊問。

「喝了很多，」她喘息地回答：「各表雀，你送我回去，就是現在。」

我在牆頭提起衝鋒槍，扶著她走出帳篷時，車場上正繼續著一個令人興奮的節目。因為我們是住在一個小山頭上的，所以我用力推動停在車場邊的吉普車，順著斜坡滑下山道的時候，沒有驚動任何一個人。到了山腳，我才啟動引擎，開亮了車燈，緩緩地沿著狹窄而崎嶇的小路向村子駛去。

一路上，瑪愛耶沒說話，只是緊緊的把身體偎倚著我，但我知道她是醒著的，每當我偶爾喚她的名字時，她輕輕地用鼻音應著，同時，用手指輕輕地撫著我的臉頰。

　　吉普車緩緩地行駛著，冷風由車旁撲進來。到達村子的時候，我和她的酒意全消了。村子裡冷冷清清的，除了一些看守門戶的老嫗和孩童，所有的人都去參加這個難得的盛會。看情形，在午夜之前是回不來的。

「你還沒吃飯呢？」在屋子裡將燈照亮之後，瑪愛耶反轉身投在我的懷裡，關切地問：「——不餓？」我又吻了吻她，反問道：「你怎麼知道的？」

「我找了你兩遍。」

「後來怎麼會找到帳篷裡來呢？」

「他們告訴我的！」她憨直地說：「那個時候，我真怕你。」

「怕我殺了你？」

「不！」她又將臉頰緊貼在我的胸前，說：「我怕你不要我！」

我緊緊的摟抱住她。

「我們再喝一點酒麼？」她忽然提議。

「為甚麼？」

「讓我們痛痛快快地醉一次！」她激動地說：「而且，今天是你們的大節日呢——然後，我跳舞給你看，你不是沒看見我跳舞麼？」

　　還沒徵得我的同意，她已經從屋角掛著的竹管裡倒了兩碗土釀的米酒，遞一碗給我，然後舉了舉她的碗，便一口將它喝乾了。於是，她要求我坐到床上去，面對著她。她便開始在床上跳起來。

她跪在床上，雙手合十，隨著動作的擺動唱著：

「松——拆——啊……由爹，由爹……」

然後屈膝站起來，揚著手，跳著，旋轉著……

「禾——扛馬節蓋……」

她翩翩地舞著，旋轉著，當歌聲漸漸靜止後，她突然停下來，帶著狂熱而亢奮的笑撲倒在我的身上。

「各表雀！」她喃喃地低喊道。

卡車馬達和鼎沸的人聲將我從酣睡中驚醒，我連忙搖醒枕在我手臂上的瑪愛耶。

「甚麼事……」她疲乏地問。

「他們回來了。」我說。

「啊……」她懊惱地將頭鑽在我的脅下，「見鬼！」

我拍拍她的臉，端坐起來，突然，我聽見急促的腳步聲由遠而近，走到門前時，我聽見劉潔在叫我的名字。我答應之後，他低促地叫道：「快些出來，有要緊的事！」

我跳下床，打開那扇虛掩的竹門，還沒開口，他一把捉住我的手，拉到外面的樹下，低聲說：

「要出發啦——八莫！」

「甚麼時候？」我急急地問。

「明天早上六點鐘。命令才到，所以晚會提前結束了！」

「哦……」有好幾分鐘，我說不出話，像是驟然失去了一切力量似的。

「你怎麼了？」他用力搖撼著我的手臂。

「沒甚麼。」我漫應著：「那麼現在……」

「馬上得趕回去啦！我們要在這四個鐘頭之內辦事呀！」

就在這個時侯，瑪愛耶從屋裡走出來，她疑惑不安地疑望著劉潔。於是我說：

「好吧，你先回去，我就來。」

劉潔走了之後，瑪愛耶突然驚恐地捉住我的雙手，急促地問道：「是甚麼事？」我只默默地望著她，不能開口。半晌，她敏感地顫著聲音瘖啞地問：

「你們要走了？」

我痛心地緊抱著她。

「瑪愛耶！」我熱切地喊道：「瑪愛耶！」

她失聲哭泣起來。經過一陣難堪的沉默，我開始勸慰地說：

「現在打仗，我是兵，這是沒法子想的！聽我說，瑪愛耶！」我捧起她的臉，繼續說：「等到趕走了日本人，我會回來的。」

「你不會！」她固執地嚷道：「我知道你不會！」

「你並不相信我？」

「我相信！相信！可是——甚麼時候你才能夠回來呢！甚麼時候呢？」她悲痛而含糊地喊道。

甚麼時候？我說不出話來了。

瑪芝和瑪愛耶的母親向我們走過來了。當然，她們早已知道了這個消息；於是將我的話重複了一遍，然後又補充了好些毫無根據的，勸慰她的話。

我想，也許瑪愛耶也明白這是一件不可避免的事，所以她漸漸地止了哭。

「甚麼時侯走呢？」她問。

「早上六點鐘。」

瑪芝接著告訴她：我們部隊裡已經開始收拾了。她沉思片刻，驀然，抬起頭，多情地望著我的眼睛說：

「那麼你得馬上回去了？」

「是的。」我苦澀地笑笑。

她極力抑制著盈眶的眼淚，露出一個淒苦的笑容。

「你來送我嗎？」我問。

「來的，我一定要來的。」她驟然扭轉頭，靠在門框上。

忙了一整夜，第二天一早，天還沒亮，車隊已經在公路上排列成一行，準備出發了。可是瑪愛耶仍然沒有來。瑪芝兩夫婦和瑪愛耶的母親站在一邊，不斷地向我保證，她一定會來的。這位可憐的母親說：瑪愛耶昨夜始終沒有睡，而且，早上他們到這兒來的時候，她還說馬上要追上來，像是正在忙些甚麼。

會發生甚麼事情麼？我隨即打斷了這個念頭，不敢再繼續想下去。於是，我開始將那些帶不走的糧食用物分送給他們兩家人。最後，我除下那條銀質的，背後刻有部隊番號、姓名和國內通信地址的腕帶，虔誠地交給瑪愛耶的母親。

「這是我送給瑪愛耶的紀念品，」我向她說：「你交給她，同她，告訴她，我一定要回來的。」

她開始傷心地啜泣起來。我知道，我不能用甚麼話勸慰她，於是我匆匆地返身向車隊走過去。

瑪愛耶終於沒有來。我一邊駕駛著車子，一邊細想她不來送我的原因；我回味著這段來得太遲而又結束得太快的戀情，我開始感到愧疚，因為我只留給她一個渺茫的許諾——可是在戰爭中，誰敢保證五秒鐘之後的事情呢？

車隊緩緩地向孟拱進發，偶然回頭，加邁已經隱沒在塵土的後面了……

在孟拱，車隊停下來休息的時候，我頹然地伏在方向盤上，一時百感交集，禁不住難過起來。

突然，有人拍拍我的肩；抬起頭，原來是「傻吊」。他神秘地微笑著，凝視著我。

「拿去吧，這是你的。」他將手上的一隻蠟紙袋（K種口糧內的防水紙袋）遞給我。

「我的？」

「你拆開看。」

我慌忙地拆開，將一方小小的手帕從裡面拿出來。它是半透明的紗布製成的，上面印有點點淺紅色的小花，角上鏽著一個緬甸字。我隨即想起我第一次遇見瑪愛耶時她所穿的那件上衣。

「她甚麼時候交給你的？」我急急地問。

「你的車子才開走，她就奔著來了，」他認真地回答：「因為我的車子在後面壓隊。」

「她還說了甚麼呢？」

這次，他沉肅地低下頭，瞅然地說：

「和瑪喬美亞說的一樣——她要等我們回來！，」

他走開之後，我下意識地吻吻那小手帕上鏽著的緬甸字。雖然我不知道它是代表甚麼；不過，不管是甚麼，它之對於瑪愛耶和我，都包含著一種特殊的意義。

在它的上面，我嗅到淡淡的花香。

後來，我們由八莫到獵戍，取道滇緬公路凱旋回國。

回國前，我雖然得到一個機會到利都去，可是，利都公路已由美軍的工兵改道修築為一條寬闊的甲級公路，加邁的舊路已無法找尋了。

之後，連年戰亂，我和瑪愛耶之間也無從互通音息。每當朋友們要求我為他們唱一支小曲，或者在那些熱鬧的場合裡被迫表演一個節目時，我總是唱瑪愛耶教我唱的那支緬甸情歌。

「芝芝唉，狄邊敖馬咧，禾扛馬咧鴉在嗝，奔咧丘鴉麥……」

於是，朋友們鼓著掌，笑了。但，他們怎麼會知道，它在我心中所引起的是一段多麼悲愴的回憶，多麼淒涼的滋味呢！

現在，我靜靜地將這段事實記述下來，前後已相隔十多個年頭了。關於瑪愛耶的音容，那首情歌，那方小手帕——以及全部的記憶，我仍然珍惜地保存著。她呢？

蜈蚣醬

猴腦我們始終沒有吃成，但，有一天我們竟然吃到一種味道鮮美的豆瓣醬。

在國內，豆瓣醬除了在廚房裡當佐料，是不登大雅之堂的，但出國之後，這些東西變成難得一嚐的珍品了。在軍區受訓的時候，日常的給養總是牛肉、馬鈴薯和洋葱，唯一的變化，只是煮法而已。假使我要寫一本牛肉的食譜的話——假如別人也有興趣那麼吃的話，我至少可以列出一百樣，而且都經過我們一再品嚐的。但，比這個更糟的，卻是沒有佐料，除了那種帶點臭味的植物油，調味的只有食鹽，因此，煮出來的菜的味道，就可想而知了。因此當我們聊天的時侯，便喜歡講些在國內才吃得到的東西：比方油炸臭豆腐、滷鴨翅膀、醃蘿蔔乾……等等。雖然是望梅止渴，但至少解除了一點故國之思。

所以，那天當那個叫做「川娃兒」的學兵譚家琳氣急敗壞地抱著一小罐豆瓣醬回來時，我們的帳篷裡隨即引起一陣騷動。

那是一隻小瓦罐，邊上還貼著一方日文商標，我們馬上知道那一定是從附近的日軍營地裡找到的。

「還有沒有？」大家都搶著問。

「有，我還沒搬回來！」他神秘地壓低嗓門：「不要讓他們曉得——只有這半罐，是日本人吃剩的！」

我們輪流的把鼻子伸進罐口去聞，那股說香不香，說臭不臭的氣味，真是比劉潔的詩裡說的甚麼「早春處女的輕柔呼吸」更芬芳萬倍！

「我們怎麼吃？」傻吊第一個問。

於是，我們這幾個以變花樣出了名的「廚師」開始熱烈地討論起來，最後，把意見歸納，使照民主方式表決——少數服從多數：為了保存它原來的滋味，乾脆就用它炒飯。

當然，按照我們的不成文法的規定，我們每個人出一盾盧幣的份子給「川娃兒」，分批溜到廚房去。然後，大家圍著一隻軍用大平鍋，蹲著，每個人手上拿著一隻銅匙（不知道是一種甚麼風氣，到印度的部隊都是用銅匙而不用筷子吃飯的），大家集體的炒鍋裡的冷飯，等到冷飯炒熱了，便把那半罐豆瓣醬倒進鍋裡去。於是大家便開始搶起來了。碰到這種場面，拿大銅匙的人總是佔便宜的，為了那一盾盧幣，我們幾乎連咀嚼的時間都沒有，便吞嚥下去。

日軍最使我們羨慕的地方，就是他們能夠把他們本土出產的食物運到海外的戰地來，使士兵們能忘記身在異域；他們吸的是日本紙煙，吃的是日本給養——在太帕卡，「野人」曾經找到一罐標明是甚麼「漬」的醬菜，因為沒有蓋子，我們不敢吃。而這半罐豆瓣醬，卻有點兒像四川出產的，帶點辣味……

突然，劉潔叫起來。

「噢！你們看！」他把手上的銅匙伸過來，匙內有一塊紅紅的亮亮的甚麼。

其實，這鍋「豆瓣醬飯」本來就是紅色的，成塊的鍋巴，還沒有攪勻的醬塊，所以誰也沒有注意他這句話。當時，我有一個感覺，以為劉潔在耍「手法」——雖然他是從來不說假話的。

對於在吃東西時耍手法，「傻吊」是開山鼻祖，他會偷偷的放進一隻蒼繩、螞蝗到食物裡面去，或者就說些最使人倒胃口的話，等到別人都吃不下了，他便一個人據盤大嚼。

「我是專吃五毒的！」他時常這樣說。

所以張洪光弄的東西，我們都馬首是瞻，以他為依歸。現在，在這緊要關頭（鍋裡的飯只剩下一點點了），劉潔的神情雖然裝得很像，但是大家都不在意。

「真的，你們看看！」他繼續說。

「傻吊」突然把頭湊過去。

「讓我看，」他半真半假地說，同時接過劉潔的銅匙，「——哦，是蜈蚣！」說著，他乾脆把銅匙裡的東西送進嘴裡。

他的樣子很滑稽，當我們正想笑，「傻吊」想然把嘴裡的東西吐出來。

「呸！甚麼東西！」他皺著眉，舌頭在嘴裡打轉，不斷地吐著口水，「——呸！呸！……」

情勢突然的轉變，我們不得不停下來了。大家都伸頭過去看他吐出來的是甚麼。而「傻吊」已經把那紅的東西從地上撿起來。大概只有半秒鐘，他忽然跳起來。

「喔！蜈蚣！大蜈蚣！」他顫聲叫道。從神情上看，我們知道真的是蜈蚣了，因為他從來沒有那麼緊張過。

好像蜈蚣也是五毒之一，「傻吊」自稱是專吃五毒的，可是他卻開始嘔吐了。當然，對於嘔吐，我和劉潔都是向不後人的，接著，我們這幾個人都嗚呀嗚的弓著身子吐起來。唯一不吐的，只有張洪光，但是他的臉色卻像吞下了一隻定時炸彈那樣慘白……地上那隻——不，應該是那段蜈蚣，因為已經被搗碎了，牠只是其中的一段而已，大致有一個手指那麼寬，可以很清楚的看出是兩節，還有幾隻可怕的腳！照比例看，牠至少有一支筷子那麼長。

吃下蜈蚣，當然會中毒無疑。只不過幾分鐘功夫，我們已經吐得上氣不接下氣，癱瘓在地上了。廚房裡的伙伕發覺大事不好，連忙吆喝了幾十個人來，把我們抬到醫務室去。

憑良心說，我們的醫務室只是徒有其名而已，那個小麻子醫務上士除了搽紅汞，只會開阿司必靈——我們寧可死掉爛掉，都不願去請教他的。因此，醫務室平常生意之壞，便可想而知了。

現在，突然來了八個面如死灰，呼吸低弱的病人，他手上拿著一本甚麼小冊子，愣著，臉色和我們一樣難看。

「他們吃了蜈蚣！中毒了！」有人在提醒他。

「哦，中毒了！」他喃喃著，渡後，開始慌慌張張地翻手上的冊子。最後，老天保佑，讓他找到了。

他低聲唸著，然後興奮地抬起頭，向我們問：

「你們的舌頭發麻嗎？」

「麻！麻！」傻吊吼起來：「老子連臉上都麻！渾身上下都麻了！」

這是真的，我的手腳似乎已經不聽指揮了。不過，剛才「傻吊」說臉上都麻時，我沒有笑出來，因為平常誰也不敢挑剔「阿司必靈」的麻臉的。

「你們頭暈不暈？」他又問。

我覺得連回答的力氣都沒有了，只是呻吟著，當他問我們呼吸是否感到困難時，我忽然有窒息的感覺。假如能夠的話，我當時真想痛痛快快地揍「川娃兒」一頓，他至少應該先檢查過那罐豆瓣醬才讓我們吃的……

小麻子慎重其事地看看我們的舌頭，又把了把脈。

「真的中毒了！」他叫道，那聲音我永生永世不能忘記，因為它表示絕對的絕望。我們的醫務室沒有強心針，又沒有灌腸洗胃的設備，送孟拱醫院的話，可能在半路上就完蛋大吉了。就當他毫無主意的時候，廚房裡的「苗子」伙伕忽然用那種怪裡怪氣的腔調說：

「我看見過一個人吞鴉片，後被灌了一碗大便就吐出來了！」

醫務室裡突想靜了下來（包括我們的呻吟八重奏），似乎太家都覺得這個提議值得考慮。就當他們要把這種貴州的解毒土方付諸實行的時候，我們的救星來了。

不過，我們真正的救星卻是日本人。他們有一種大蝦豆瓣醬，製造的方法和我們的酒糟蝦相仿。一段糟爛了的大蝦看起來是很像一段大蜈蚣的。等到何萍從那鍋還沒有吃完的炒飯裡撿起半截的尾，帶進來給我們看時，我們的「中毒現象」馬上消失了。大家忍不住放聲大笑起來。

至於剩下的那小半鍋「大蝦豆瓣醬炒飯」，連張洪光都沒有勇氣和胃口去把它吃完了。

報銷

當我們弄壞了一樣東西，或者對某一個人絕望時，我們便說「報銷了」！

但，有一種「報銷」是我們故意的。

到印度之後，我們領到一大堆衣服鞋襪，按規定是每四個月換發一次。但換發的方式卻有點特別。那就是，換發的東西必須是已經損壞了的。

喜新，愛美，是人類的天性，因此每當特務長宣佈換發服裝時，我們便要將那些略為陳舊但並沒有破爛的衣服、毛襪，甚至鞋子，故意的弄壞，然後繳上去「報銷」。

對付衣褲最簡單的方法，就是將衣領和褲子的屁股與膝蓋的地方，放在鋼盔上用力磨擦，但毛襪和皮鞋卻很費力，因為我們領到的毛襪，愈洗愈厚，最後裝了水都不會漏的；至於那雙大皮鞋，要想把它穿破，更是談何容易了。最初，有人把它們放在鐵砧上用鎯頭打，但是那破的地方太「手工化」，不容易使特務長通過，後來電工車的刁國慶替大家解決了困難，因為電瓶裡的硫酸連金屬都可以腐爛掉的。

上述的這種「報銷」方法，是不能公開的。但，從丁高沙坎開始，我們連上竟然增了一個「報銷組」，這個組就有一個人，它的主要任務，就是把東西報銷掉。

如眾所周知，「傻吊」的破壞力是最強的，連長任命他來擔任這種工作。

我們這個連的主要業務，就是在前方搶修輕重車輛，最初包括大修工作在內，但由於人手不夠，各部隊損壞的車輛又特別多，有一個時期，我們每個人幾乎平均每天要修理好小修的車子三輛，大卡車的大修也在三天內完成，因此，我們每天的工作都在十小時以上。博幹男鑒於情勢上的需要，他向總部提出一個計劃——「報銷組」就是他的計劃中的一部份。

結果，我們連上經常儲備有大小車輛的新引擎七八具，當大修的車子進廠，我們就要把壞的引擎拆下來，把新的引擎裝上去，這樣無形中縮短了數倍的時間；假使那損壞的車輛超過某一個限度（這個限度只有「傻吊」知道）時，便交「報銷組」驗明正身，予以報廢，然後將那些還可以用的零件卸下來，裝到別的車子上去。

最初的時候，「傻吊」還像一個法官似的公正，但，漸漸的便變成個暴徒了。一輛壞車子的報銷與否，完全要看他的情緒，假如那天他睡得不大好，或者跟誰吵過架，那麼他便會把那輛車子對準一棵大樹撞過去，結果：那輛車子便算是「報銷」了。

一有空，我總去幫忙他「報銷」車子，因為，故意去破壞一樣東西的快感，是很難描述的。久而久之，「傻吊」簡直著了迷，他時常挖空心思，想些危險的怪主意，去對付那些被他宣判了死刑的車子。到了加邁，他已經練好一套別人辦不到的本領，傲視同儕。他能夠從起步開始，然後依次變換牌檔，直到把車子停下來，都用不著踏離合器——當然，「訓練」時期，他至少也「報銷」了十幾輛車子的變速箱。

有一天，一個工兵部隊拖來一輛連駕駛室都翻扁了的十輪卡。那時我們的工作很清閒。大概是太清閒了，「傻吊」決定「報銷」它，而且要報銷得更精彩一點。

我們住在一個小山頭上，有一條曲折的阜路通到山下；左邊，有一片陡坡。「傻吊」準備駕著車子衝下去——但是在車子快要衝到山腳時，他要跳出來。

當他「表演」的那天，看熱鬧的人當然很多（但是沒有官長），他就像電影裡的飛車英雄，頭戴鋼盔，身上穿了十多件衣服，手肘和膝頭用毛綁腿纏著，上車之前，還向大家來一個訣別式的敬禮！

兩分鐘之後，他差一點把他自己「報銷」掉，因為他忘了駕駛座的那扇門是打不開的，直到車子快衝到坡底時，他纔從另一邊車門滾出來。

結果，他當然沒有摔死，但是卻躺了好幾天，半個月之後，還拐著左腿走路。

後來他告訴我他要計劃一次更精彩的表演——把車子開進河。

「然後，我再從水底下冒起來！」他說。

「假如車門又打不開呢？」我問。

「這次不會了，」他像是在安慰我：「我要找一部四分之三道奇，沒有駕駛室和車篷的。」

但，可惜，離開加邁之後，連一輛小吉普的「報銷」機會都沒有了。

私酒商

到了印度之後，除了過年過節，或者博幹男自動「樂捐」一些小罐頭啤酒之外，我們難得喝一次酒。其實，英國GIN酒，威士忌，和一種方瓶的RUM酒非常普遍，而且也很便宜；記得在利都駐紮的時候，合作社裡就有出售，但是我們幾乎從未光顧過。到了前方之後，酒是被絕對禁止飲用的，可是為了滿足某一種莫明其妙的慾望，甚至那些平日滴酒不沾的人，都盼望有機會喝兩口了。

張洪光就是典型的人物。

他非但不能喝酒，甚至看見酒瓶都會醉，但這並不能影響他對酒的興趣。把阿司必靈弄碎攙在啤酒裡喝，可以使人醉。這種美國大兵想出來的方法，就是他介紹給我們的。由於這個「秘方」的來源他要保守秘密，因此，最初的時候大家都不大相信，但到了前方之後，張洪光的聲譽扶搖直上，他從「土包子」變為「野人」，然後從「野人」變為「百科全書」——唯一的一次出岔，就是狗熊連附要他用木料做一副引擎架，給我們各組負責大修的人參考。連附的廣東國語很差，而他的國語卻比連附更廣東化，於是他把「引擎」聽成「眼鏡」，結果他完工的時候把我們赫了一跳。後來我們把那隻三尺長的眼鏡架支在工作棚柱上，作為我們這一組的商標。總之張洪光是永遠值得信賴的，當「傻吊」照著他說的方法領頭試驗一次之後，連上的酒鬼都如法炮製了。當然，這一來啤酒的價格便跟著看漲，醫務室阿司必靈的生意也好起來了。

但啤酒到底來源不足，而且醉醒後的滋味相當難受，因此喝酒的風氣也漸漸消沉了下來。到了加邁之後，我們曾經在村子裡弄到一些竹管酒（是那些擺夷用他們的土方法釀製的），但是數量有限，大家都明白這些酒可能是存貨，喝完就沒有了。

有一天，張洪光突然神秘地把我拖到一邊。

「我們合夥做點生意吧！」他低聲說。

我仔細地端詳了他一下，然後說：「你沒喝酒吧？」

「甚麼意思？」

其實，我用不著解釋，軍隊裡還能做甚麼生意呢？但是他那種鄭重的樣子使我相信他並沒有和我開笑，於是我接著說：

「我怎麼知道你說的做生意是甚麼意思？」

「噓！」他制止地把食指貼在嘴上，說：「別嚷嘛！讓別人聽見就完蛋了！」

我忽然想到一件事情。

「是不是有人買槍？」我問，因為到前方之後，除了自己領到的槍，我們差不多每個人都弄到一支日本三八式步槍，有些人把槍管鋸短了，改成馬槍；有些卻把槍管鋸得只剩四五寸，槍的木托只留下前面把手，就像十八世紀的火藥手槍。

「見你的鬼吧！」他叫起來。

「那麼是甚麼呢？」我問。

「你先別管！」他說，這是他的習慣，似乎先說出來了就不吉利似的，「你先設法弄一部吉普，把油箱加滿……」

「那麼遠呀！」我截斷他的話。

「不遠！一點也不遠！」他繼續說：「到了那裡我再告訴你。」

「現在就去嗎？」

「發財的事還等甚麼！」

十分鐘之後，我弄到一輛剛修理好的，汽油在前方是永遠用不完的，我遵照他的意思把油箱灌滿，然後藉著試車的名目把車子開出去。

他約定好在下面公路上等我，上車之後，他便急急地搖著手，指揮道：「掉頭，掉頭向那邊走！」路只有一條，前面通往孟拱，後面到蘇卡度，通到後方。到加邁那麼久，我們從來不向那邊走的，因此，當我把方向轉回來，用中等的速度前進的時候，我忍不住向他發問了。

「我們要到哪裡去？是不是到那些黑人的營房？」我知道距離加邁兩公里的河邊，住有一營美軍黑人工兵部隊。

「不是，還要過去！」

我知道再問他也不會說的，所以索性只管開車。約莫走了四、五公里，他要我把車子轉入右邊一條小道，而且很快地便發現一個小村子。

「就停在村子外面！」他說：「最好先把車子掉頭——就停在這棵樹下面吧。」

我照著做了。他跳下車，要我在車上等他，他獨自步行進村子裡去。

幾分鐘之後，他帶著十幾個土人出來了；從那些人的衣飾上，我分辨不出是喀欽？是擺夷？還是緬甸人？他們每個人的手上，都拿著一隻竹管。張洪光把他事先準備好的五加侖水箱拿下來，打開蓋子，比著手勢，要那些人把竹管裡的液體（後被我才知道是酒）倒進去，然後，他從袋子裡掏出一根小皮管，把油箱裡的汽油吸出來，把他們帶來的竹管注滿。

這種交易就這樣完成了，回來的時候，我們已經有兩三加侖的竹管酒，和十多顆雞蛋。

「他們到底是甚麼人？」我問。

「半開化的喀欽。」

「他們要汽油幹甚麼呢？」

「誰知道，也許是覺得好奇吧！」

「汽油有甚麼稀奇？」

「在他們看來，能點燃的水還不稀奇嗎？」

我也忍不住笑起來了。

「你怎麼找到這裡來的？」我又問。

「我也不知道，」他誠實地說：「我隨便走走，走到了，他們請我喝酒，問我要東西……」

有很多地方，張洪光是不可思議的。回到營地，我們偷偷地四處去收集裝啤酒的小玻璃瓶，用水洗淨，然後把酒裝起來，當天晚上便開始掛牌發賣──每瓶兩盾盧比。

因為生意實在太好了，第二天我們便自動把價錢漲為三盾盧比，但是兩天功天，三十多瓶酒全賣光了；而最奇怪的，竟有兩個美國黑人找上門來，把最後的幾瓶酒買去了。

他們走了之後，我們才知道那是楊明傑「走漏」的風聲，他有一個名字叫做摩爾的黑人朋友。摩爾只有五尺二三寸高，比他們部隊裡的同伴矮一兩個頭，而且也沒有別人那麼黑，但，他的頭髮卻和別人一樣，像一種女人穿的鬈毛大衣料，嘴唇厚厚的，手腳大得出奇。他就是那晚上來買酒的兩個人之中的一個。第二天一大早，他又來了，這次卻來了五六個人，在我們那兒鬼扯半天，無論如何不肯相信酒已經賣完了，最後，他們甚至願意出十盾盧比買一瓶。

張洪光後悔得要死，當天下午，他便拉我到那個喀欽人的村子裡去。

「汽油這次他們大概不會要了，」他說：「我們要帶點別的東西。」

「帶甚麼喔？」

我們研究了半天，最後是帶了幾片從車子上換下來的斷鋼板，已經沒有用的油布。後來我們才知道，我們的東西，喀欽人幾乎是沒有一樣不喜歡的，即使是一件廢物。

從此，我們開始專門做黑人的生意，最後，每瓶酒賣到十五盾盧比，而且裝得沒有以前那麼滿，還摻上三分之一的白開水。黑人嗜酒的程度是令人難以置信的，當他們沒有錢的時候，他們便拖著美國軍用毛毯、羅斯福呢軍服、行軍床，甚至他們的自動步槍，拿來換酒喝；同時每喝必醉，然後幾個人圍著肩膀，唱著沒有調子的歌，搖晃著回去。

直到有一天，我們即使用三八步槍也弄不到一滴酒之後，「酒店」的生意才告歇業。我和張洪光，已經變成擁有幾百盾盧比，一大堆毛毯衣服雜物的財主了。

獵牛記

我記得在十三歲的那年，曾經跟著舅父去打過一次獵，可惜那天天公不作美，淋了一身雨回家，甚麼都沒有看見。後來我也跟著別的同學玩橡皮槍，但從來沒有打下過一隻鳥；對放這一類的事情，我的手是很笨拙的，我永遠學不會用大拇指的第一節把玻璃彈珠射出去。

但從利都開始，我總算是英雄有用武之地了，我用步槍打中過一隻猴子（大概打中過，因為那隻黑猴連著樹枝跌下來時，牠身上已輕中了二三十搶了）；一隻兔子；有一次在叢林裡行軍時，發現兩百公尺左右的小坡上，有一隻長著長角的梅花鹿，但是沒有打中；另外一次，發現公路對岸的橫枝上有一隻毛色斑爛的大鳥（我不知道應該叫做甚麼），牠有火雞那麼大，牠的尾巴至少比牠的身體長三倍，幾乎垂在水面上，我想牠也許是孔雀，或者是鳳；由於牠實在美麗了，美麗到使我有點害怕，我把槍架好，反而不敢去打牠。除此之外，我從未射過比猴子更大的動物。

突然，有一天黃昏的時候，我們發現前面山腳下有一群東西在蠕動。因為我們住的地方是一個小山頭，所以可以看得見。等到「傻吊」把他那架用十盾盧比換來的日本軍用望遠鏡拿來時，才發現是一大群牛。

「至少有五百頭！」他用他那慣常帶點誇張的聲調叫道。

現在問題並不是牛的頭數，而是牠們從哪兒來的？我們辯論的結果，一致認為牠們絕對不可能是屬於瑪愛耶她們那個村子的！根據這一點，也就說明了牠們可能並不屬於任何人，而只是一群野牛而已。

於是，我們隨即帶了武器趕去。

我們一共去了九個人，先開車子到山邊，然後下車向山腳走去。天漸漸暗下來了，但是當我們走近那一群牛時，卻發現牠們並不是野牛，而是一群沒有人看管的水牛。我們在離開牠們四五十公尺的地方停住了，望著牠們；牠們也發現了我們，前面的幾頭停止了吃草，昂起頭，定定地瞪著我們。

「管牠是誰的，打了再說！」傻吊說，回過頭來望望我們，像是在徵求大家的同意。

「會有危險嗎？」有人這樣說。

大家沉默了，向我們這邊望的牛也越來越多了。我忽然有一個不幸的預感，也許是那群牛數目太多的緣故，我總覺得牠們的目光有點不懷好意。我想：那群牛雖然不是野牛，但是開始變野是毫無疑問的，牠們的主人也許在戰爭時跑掉了，或者已經死掉了。——牠們為甚麼要這樣瞪著我們呢？

剛才那個聲音忽然又說，這時我才聽出是劉潔的聲音：「我看我們還是撤退吧！」

「怕甚麼？」傻吊不以為然地說：「我們手上有槍，怕甚麼？」

「槍有甚麼用！牠們那麼多——要是……」

「真的，要是牠們真的衝過來……」

我們馬上便發現有這種可能，因為前面那幾頭牛已經開始踏動著牠們的前腿，就像田徑比賽之前選手們所做的那樣。

「走吧！」

「不能走！」曾經在利都打死過一隻「逃豬」（我們買回來過節而逃掉的）的小康，忽然有點神經質地警告道：「千萬別讓牠們知道我們怕牠們！」

「那怎麼辦呢？再僵下去天就黑了！」

天的確已經黑了，我想到整個黑下來之後可能發生的事情，這一想，想然打了一個寒噤。

我們仍然定定地站著，大家都不敢移動，幾乎連呼吸都極力抑制著，不使它發出聲音。

約莫過了幾分鐘，我們內心的恐懼愈來愈強烈，最後，劉潔幾乎要哭出來了。

「我非要走不可了！我一定要走！」

為了怕他真的會轉身跑，傻吊和小康兩個人機警地夾住他，小康鎮定地低聲說：「這樣好了，拿衝鋒槍的扳快機，我叫一二三，大家一起向天開！」

大家都覺得只有這一個辦法了。於是都不響，緩緩地把槍端起來。等到準備好，小康的口令一出，我們同時向那一群牛發射。除了槍口噴吐出來的火舌，我甚麼都看不見，不知道誰先拔腳逃跑，我也返身沒命地跟著逃，而牛群雜亂的蹄聲也跟著響起來了……

我和另外兩個人落在後面，當我意識到牛群已經衝到我們的身後時，小康忽然扭轉身嚷道：「嗨！」他停止腳步，然後大聲嚷起來：「我們跑個甚麼勁兒嘛！」

原來牛群已經被我們的槍聲嚇跑了，而且給我們打倒了一頭；牠呻吟著，掙扎著要站起來，又倒下去。小康在牠的頭上又補了一槍，血濺了我們一身。

後來我們動員了幾十個人，把牛支解了，偷偷地運回去。第二天我們吃了一天的牛肉，然後把吃剩下來的切成肉條，用鹽醃了，再用鐵絲串起來，掛在防空洞內用火薰；站衛兵的人負責添火，製成味道很不錯的牛肉乾。

但是劉潔連一口都沒吃過，他總認為那頭牛是他打死的。因此後來的幾次出獵，他都沒參加。大概我們把第四頭牛吃完之後，連長正式禁止我們打牛了。

八莫之春

據說孔明七擒孟獲的「五月渡瀘，深入不毛」的「不毛」，就是八莫。

我們出發到八莫的時候，舊曆年剛過，正是早春。

車隊經孟拱、密支那，然後渡過伊落瓦底江，向前進發。經過密支那的時候，我幾乎認不出來了，因為好些建築都已經修整過，緬甸流行的鐵皮屋頂在陽光下閃閃發光，街道上可以看見好些老百姓，完全是一派和平景象。

記得在密支那的時候，我時常提著槍到第一線玩——就如同小時候拿著汽槍到郊外去打小鳥一樣輕鬆，當時日軍奉命死守，除非不得已，他們絕對不浪費一粒子彈。因此當我們在塹壕上走動的時候，絕對不會發生任何危險。那個時候，我便對密支那的鐵皮瓦建築極為嚮往，因為那種情調是很難描述的。

密支那克復了，流散在後面的日軍使用樹枝掩護著，順著伊落瓦底江流過密支那下八莫，當這種詭計被我們識破之後，便開始對浮在江面上的樹枝加以注意，截獲了不少。我們的車隊經過那座大浮橋的時候，岸邊的哨兵正在把一個日軍俘虜從水上拉起來。

其實，當我們到達八莫的時候，前方的部隊已經越過南坎，直下芒友（駐印軍和滇西遠征軍會師的地方）了，可是八莫仍然是劫後的景象。

八莫可以說是被砲火摧殘得最厲害的一個城市，我們被安置在市郊幾棟破房子內。

車子一停，「傻吊」和楊明傑他們已經揹起早就準備好的乾糧袋（裡面裝滿了食用東西），去發現他們的新「愛人」去了。

原來我們住的地方，離一個小村子不遠，只要穿過一片小樹林，便可以看見那些竹子搭建的房子，房子是離開地面的，另有一種情趣。我們走進村子時，按照一種不成文法的規定，村子裡的女孩子，便屬於那些第一個發現她們的。所謂屬於，是指追求的優先權。

楊明傑和「傻吊」向來是冤家，但我卻發現他們並肩站在靠近村口的一間大房子下面，在看兩個穿沙籠的女孩子舂米。

看見了我，「傻吊」大聲向我招呼。

我走過去，那兩個女孩子同時停下來，望著我。那年紀比較大的皮膚有點黑，但很俏麗；那年紀比較小的卻有點黃，臉圓圓的，嚴格點說，長得並不好看。「傻吊」替我介紹了之後，她們笑笑，再繼續用腳去踩那根舂米的木頭。

「看樣子你們還沒有搭上手吧？」我說，因為他們還揹著那隻塞得滿滿的乾糧袋。

「傻吊」連忙用眼色警告我，然後藉故和我走到一邊。

「她們會說國語的！」他低聲說。

「你怎麼知道？」我問。

「當然知道，不知道我還說甚麼！」

「哪一個是你的？」我望望她們，然後又問。

「現在還不知道！」他怏怏地回答。

「不知道？」

「唔，我和楊明傑一起碰到她們，沒有先後！」

「那不就麻煩了？」

他不響，似乎在思索甚麼。

「你喜歡哪一個？」

「當然是那個漂亮的！」

「你是說那個黑黑的？」

「黑的好，你懂甚麼！」

「要是我，我也選那個黑黑的。」

楊明傑現在已經去接替那站著春米的女孩子的工作了，他笨拙地踩著木頭，那兩個女孩子在笑。看見「傻吊」那副不自然的樣子，我向他說：「你過去吧，要不然他的機會便比你多了！」

「你呢？」他故意問。

「我隨便進去走走。」我淡漠地回答。

「我介紹你一個地方──那一間，樹的這一邊，那裡有一個很漂亮的女孩子，你一定喜歡。」

我笑起來，因為假如那個女孩子真的「很漂亮」，他絕對不會放棄的，我了解他。

「不騙你，你過去看！」

「那你為甚麼不要呢？」

「因為她已經有丈夫了！」

說著，他回身走了，我仍然站在那兒，回味著他這句話。我知道他是指加邁的瑪芝，因為瑪芝也有丈夫，最初他們都以為我是愛上瑪芝的。

我又想起瑪愛耶了，現在她正在做甚麼呢？我們走了之後，中國軍隊全離開那兒了，我可以想像得到的，村子裡多麼寂寞。

「傻吊」所說的那個已經有丈夫的女孩子（我不願意叫她做女人，因為她看起來還是一個女孩）並不像瑪愛耶，但她長得比瑪愛耶更漂亮。她的皮膚異常皙白，顯得她的眼眸和頭髮更加烏黑，她的雙頰紅得像一顆半熟的蘋果，當她望著我的時候，我不知道她在想些甚麼？有些人的思想是可以從眼睛裡窺見的，但我只能看見一種茫然的真純，就像一個天使。

對於我的「拜訪」，她並不歡迎，也並不厭惡；後來我才知道，她永遠不過份，也不缺少，她一切只順乎自然。

她的丈夫是一個矮而有點胖的孩子（因為他還是一個孩子），行動遲鈍，有點木頭木腦，我剛跨進他們那間只有八尺大小的小草屋，他便低著頭走掉了。他這樣使我很尷尬，所以我很快地便離開那兒了。

那天晚上，大家照例圍坐在馬燈下談論村子裡的女人——只限於那些沒有丈夫的。楊明傑和「傻吊」似乎還沒有解決那個問題，他們都不說話。

當那個諢號叫做「老咪」的小胖子說完他的那段豔史，大家才發現這種僵持的情形，於是，其中一個人說：

「傻吊，怎麼悶聲不響呀？」

他瞟了楊明傑一眼，然後沉吟了一陣，才決然地抬起頭說：「楊明傑，你怎麼說！」

「我說甚麼，黑裡俏是我的！」楊明傑大聲回答。

「黑裡俏是誰？」

「我的愛人！」

「沒那麼簡單！」傻吊哼了一下。「我也有份！」

「我並沒有說你沒有份呀——不過，她仍然是我的。」

後來，他們發展的情形很微妙，「黑裡俏」對他們兩個人都不錯，「黑裡俏」的媽媽變成了一把天梯，結果楊明傑和「傻吊」拚命巴結。當這種競爭到達頂峰的時候，「傻吊」和我忽然接受一個任務，離開八莫一個時期，等到再回到八莫時，楊明傑已經是「黑裡俏」的入幕之賓了。

在愛情上說，楊明傑算是勝利了，但他卻因而吃了不少苦頭。情慾是很可怕的，尤其是在年紀輕輕的，對人生一無所知的時候。當我們向臘戍開拔的時候，楊明傑終於逃亡了，因為當時所有的部隊都在準備回國，所以上面並沒有怎麼認真——甚至可以說，無心追究這件事。直到民國三十七年，我在上海偶然遇見「大屁眼子」——另一個在印度逃亡的同伴，才從他那兒知道一些關於楊明傑的消息：駐印軍回國後，他仍留在八莫，過著那種半原始的生活，當他漸漸對這種單調寂寞的生活感到厭倦時，英國人開始逮捕這些非法居留的「新華僑」，於是楊明傑便「自動地」被英國人抓走了。臨走之前，黑裡俏悲傷萬分，把一小袋紅寶石送給他，希望他設法再回來，而楊明傑卻被英國人遣送回國了。這些是他們在漢口見面時楊明傑告訴他的。

至於那個有丈夫的女孩子，我就像在加邁時接近瑪芝一樣地接近她，我送食物給她，而且她的丈夫變成了我的朋友。

有一次，我照例在黃昏時到她的家裡去，她告訴我她的丈夫回家去了——他的家，他們的風俗，結了婚便要離開家的——晚上也許不回來了。

「你可以多坐些時候再回去！」她熱望地說，我發覺她的臉頰紅得像一朵杜鵑。「我怕！」

「你這麼大了還怕甚麼？」我笑著問。

「我怕他不要我了！」

「誰？」

「我的丈夫！」

「為甚麼呢？」我頓了頓才說：「你們不是很好嗎？」

她笑了，我不知道她的笑包含著些甚麼，但永遠是使我難以忘懷的。

「他知道我喜歡你！」

我怔住了，我不知道應該怎麼說才好。

「你不喜歡我嗎？」她真摯地望著我說。

「我不知道，」我吶吶地回答：「你是很可愛的，但是我喜歡你，跟你丈夫喜歡你不同！」我盡量要把話說得清楚一點，「你的丈夫應該看得出來。」

「沒有用！我喜歡你！我不想對他隱瞞。」

「哦，你告訴他了？」

「為甚麼不告訴他呢？」她詫異地反問。

「……」

「所以，今天他回家去了。」

「你是說他不再回來了？」

「不要緊的，明天他再不回來，我會去找他——但是我還是喜歡你的！」

「是的，我知道！」我簡短地應著。然後，我站起來，遲疑地向她說：

「我還是回去吧。」

她點點頭，又露出那種純真的笑意。

「最好是回去！」她低聲說。

過了兩天，我才知道她已經搬走了，「黑裡俏」告訴我，她又到她的丈夫那裡去了，同時告訴我，緬甸女孩子在婚前可能愛上許多男人，但是婚後只能愛她的丈夫一個人。

我不知道她的喜歡我，和我的喜歡她是不是「愛」，直到現在，我還能很清楚地看見她那種純樸的笑容——那種空虛而寂寞的笑容。

十板屁股

從蘭姆加開始，我記得連上紙舉行過一次打屁股「大典」，那次是因為丟了兩包米，連長一氣之下，就在當天晚點的時侯，拖那三個伙伕出來揍了一頓。平常，伙伕和勤務兵對於出操點名是一律全免的，那晚上看見他們「列席」，我們已經知道有點不妙。果然，連長第一句話，便叫人到廚房去拿根扁擔來。在軍隊裡，扁擔無形中變成了「軍法」——就等於雞毛帚是「家法」一樣，碰到甚麼事，便要拿出來「以儆效尤」一番。

扁擔拿來了，丟在地上，鏗然有聲。

然後，連長命令那三個伙伕站出來。

「是不是你們自己偷的？」連長厲聲問。

他們矢口否認，同時申訴不知情的理由。炊事班長是湖南人，高高的，老實得像個害羞的大姑娘，誰也看不出他那雙寬大的手會做出一手好針線，空閒的時候，他用新的卡嘰褲替我們做軍帽——寬帽簷的，駕駛兵們流行的款式。因為收費低廉，所以生意很不壞；另外兩個炊事兵，一個是貴州人，是個不刷牙不洗臉的懶傢伙，我們都叫他「苗子」；另外一個是四川人，油嘴滑舌，大家都說他是「頭頂生瘡腳底流膿」的貨色。這次失竊，我們一致認為是他幹的。

站在我旁邊的沈正員輕輕地告訴我：「他們要挨屁股了！」

為了「朝聖」，我曾經挨過十扁擔手心，我以為打屁股只是換個地方而已。連長叫起來了──他的聲音總是這樣的。

「排頭的兩伍出來！」

何萍和張秉廉他們四個大個兒走出隊伍，他們先向連長敬禮。

「給我打，」連長大聲說：「打到他們承認為止！」

於是，那個像個大姑娘似的炊事班長給按伏在地上。兩個人捉住他的手，一個人把他的兩隻腳交疊起來，另外一個人拿起扁擔。

值星官跟著吼了一聲「命令」，便開始吧嗟吧嗟地打起來。但，挨打的人只是輕輕的有節奏地哼著……

「打重一點！」連長幾乎跳起來。

我們立正站著，可以聽得見扁擔劃過空間的聲音，但，炊事班長仍然輕輕地哼著。最初，我在心裡數著，後來竟忘了，扁擔就彷彿打在我的身上一樣。

打了半天，仍然打不出口供，連長只好「叫停」，換人「上場」。第二個是那個四川伙伕。這傢伙顯然訓練有數，扁擔一下，他便殺豬似的號起來，但是到了第六下，卻一點聲息也沒有了──原來他裝死！這樣又打了幾下，連長害怕打出人命，只好饒了他；結果，「苗子」只挨了幾板，便草草收場了。

但，沒想到第二次「大典」，卻落在我的身上。

賭鬼王義方時常說：一個當兵的，除了挨槍斃，甚麼都要經驗一次，才算夠資格。但，那一次我並不是有意去混資格，假如我事先知道後果會那麼嚴重，我絕對不跟他們走的。

事情是這樣：當我們到達八莫，一切都很混亂，碰巧駕駛班有一輛車子到密支那去領器材，我們便趁機溜到後方去玩幾天。當時，我們四個人有一個共同的目的，就是回加邁去看看。結果，當我們在密安那第一連那兒借到一輛四之三道奇，開向加邁時，才發現公路已經改了道，原來的舊路已經無法找尋了。當那天晚上我們垂頭喪氣地回到密支那時，營部的衛兵已經在等待我們。

結果，劉延武、樓峰，和田中夫三個人每人挨了兩下耳光，在營部禁閉一個星期。而我卻撒了個謊，說是奉連長的命到加邁去拆零件的。因為在加邁的時候，我們弄到幾輛日軍遺留下來的卡車，營部一直很注意。

「那些車子有些零件已經壞了，」我鎮定地說：「在八莫配不到，所以連長叫我順便回加邁——聽說把車子修好了就繳到營部！」

營長點點頭。

「你沒有騙我？」他問。

「我怎麼敢騙營長呢！」我回答。

「好！你跟車子回去！」他揮著手，然後補充道：「我會打電話給你們的連長！」

我們走了之後，營長果然打電話去質問連長，責備他管教疏忽，同時問起是不是曾經派我到加邁去拆零件？為了減輕自己的責任，連長只好承認這件事。但是等到我回到連上，連長馬上把我押起來。

照一般的規矩，打屁股應該是最重的刑罰，而且都在早上點名的時候舉行。所以特務班長黃忠事先便替我準備，要我穿長褲子，把破膠鞋用布綁腿墊在大腿肚子上（那兒才是挨打的地方），同時，他告訴我一些法門，打的時候要我大聲叫，然後忍著一口氣，不要作聲。

「排頭的人，」他說：「我已經關照過了，打的時候技巧一點，扁擔頭著地，聲音響，但是打不到！」

儘管他們怎麼安慰，我的心情總是緊張的，我開始後悔自己所做的每一件錯誤的事。

第三天早上，我由特務班的兩個衛兵押出來了。儀式就和那次打伙伕的一樣，但是第一板剛打下去，我的呼吸突然停止了。我張著嘴，喉管裡像是被甚麼堵塞著，根本發不出聲音，等到我猛力吸進一口氣時，他們已經把我拖起來了。

「扶著他走走！」連長向扶著我的人說。

我虛弱得連舉步的力量都沒有，而且感到奇怪，為甚麼連痛都不覺得，便打完了。

「打了幾板？」走了一個圈子，我才向身邊的同伴問。

「十板——你自己沒有數嗎？」

「我只是不能呼吸，一點都不覺得痛！」

「你先別開心，再過一陣你就覺得了！」

果然，走了三個圈子（據說打完屁股，一定要走動的，不然會成殘廢），我開始覺得有點刺痛了，漸漸的，血液好像不斷地向兩條腿上沖，直到我忍受不住叫起來，他們才把我扶回帳篷去。

接著，黃忠來了，他把破膠鞋解下來，然後把一碗烏黑的泥漿塗在挨打的地方，他一邊敷「藥」，一邊告訴我傷得不重，但，我卻足足躺了四天，才能下床，至於大腿肚子上的青痕，好幾個月才散掉。

這十板屁股，只落得王義方的一句話：

「成了！小子！你算是畢業了！」

煉金術

據「黑裡俏」的媽媽說，以前八莫至少有一百多座佛塔，但是現在只剩下幾座，其餘的都被砲火毀掉了。

緬甸的佛塔，大都是一種型式，圓底尖頂，高一二丈，四周塑著圖案花紋，塔頂有一頂金屬的飾物罩著。自從工餋組那個叫做顧文興的大個兒有一天帶著一片金葉子（經過大家證實的）回來之後，連上隨即掀起一陣「掘金熱」。因為他說這片金葉子是從一座倒塌的佛塔下面撿到的，而「黑裡俏」的媽媽又說，佛塔的頂的確是金的。

從那天開始，只要有空，大家都到附近被砲彈炸倒的佛塔下面去發掘，可是從來沒有人找到過第二片金葉子；有些人開始放棄這個念頭了，但有些人仍然不肯死心。「傻吊」就是這一批不死心的人裡面的一個，我知道他只是好奇而已，每次去「掘金」，他都撿回來一些銅像的碎片，直到連最頑固的「財迷」史謙都認為這是一個惡作劇之後，他才歇手。但他的床鋪底下，已經堆滿了銅塊。

有一天，我向他說：「你還留著它們幹甚麼呢？」

最初他沒有回答，只是隨手撿起一塊，端詳了半天，才說：「我總覺得這不是純粹的銅！」

「你以為它裡面還有甚麼？」

「也許有金子！」

「也許，也許沒有。」

「但是你不能證明它沒有呀！」

「你有道理！」我說：「那麼你就把金子從裡面提煉出來吧！」

為了我這一句，他果然開始著手提煉了。根據他自己的理論，金子要比銅重，所以只要能讓它們溶化，金子便會沉到底下去。

但是要到怎麼樣的熱度才能溶化？盛在甚麼東西裡面？如何把沉在底下的金子和上面的銅分隔開？這些問題都不是他所能解決的。但是，他覺得他可以試驗。

於是，在開始的時候，他先應許分三分之一的「股權」給張洪光，然後兩個人便在屋子後面煉起金來了。

第一次，他們把銅塊放進一頂鋼盔裡，但是連續燒了四五個鐘頭，連鋼盔都沒有燒紅。

第二次，他們得到一些「資料」，把爐子改裝過，但是卻把那頂日本鋼盔燒化了。

第三次，他們把銅塊放進一隻從村子裡弄來的瓦罐裡，但是為了要用汽油增加火力，一不小心，竟連我們住的那棟緬甸房子都燒了起來。幸虧那天我們都在屋子裡，而且那是一間獨立的房子，所以並沒有其他的損失。但是晚上點名的時候，連長宣佈他們的罪狀，罰他們到廚房去「服務」一個星期，讓他們「燒個痛快」。

不過，我們這位有幽默感的連長作夢也沒有想到，這次他們反而因禍得福，在廚房裡提煉成功了。

最後，「傻吊」並沒有見利忘義，他照他所應許過的，把底下的一層鋸下來，分成三份，送一份給張洪光。至於他的那塊「金子」，則從此形影不離，睡覺時也壓在枕頭底下。

一個半月之後，我和他突然接受到一個特殊的任務：護送二十二師的車隊回國。記得我們到達雲南保山的那個晚上，我們連夜飯都沒吃，他便拖著我進城去。在一條横街上，我們找到一家小銀樓，他慎重其事地把那塊金屬交給那位戴老眼鏡的老技工。

「請你給我看看這一塊是甚麼東西？」

老技工先用手掂了一下那塊有幾斤重的金屬的重量，然後抬起頭跟打量我們。

「你們在哪裡得來的？」他嗄聲問。

我發覺「傻吊」微微震顫了一下，他急忙回答：

「不！是……我們從印度帶回來的！」

「哦！」老技工低下頭，開始點燃手上的管子，然後熟練地用腳在踩桌子下面的小風鼓，小管子噴出綠色的火舌，射在那塊金屬上，大概有兩分鐘功夫，他停住了，然後緩緩地抬起頭來，非常有禮貌地對「傻吊」說：「是銅！大概是印度銅吧！」

薩漢民

芒友會師，中印公路終於打通了。而國內的戰事正急待救援，因此，除了一部份部隊仍留在緬甸，向臘戌、瓦城（緬京曼德里）推進之外，其餘的部隊，都紛紛整裝回國。

任務很突然地到來了，由於我曾經參加過密支那戰役，所以我以為這次不會再輪到我的，但是連長竟然決定派我和「傻吊」去。

這次任務，是護送二十二師的車隊回國。

帶隊的連絡官，是一位叫做薩漢民的美軍上尉。他大概有三十四五歲，胖胖的，假如不穿軍服，你會以為他是個生意人。他在中國北方燕京大學讀過書，太平洋事變之後才應召回美國的。他能夠說一口相當標準的國語，還會吟詩作對，他說他進軍隊是「做一天和尚敲一天鐘」，戰後他仍舊要到中國來的，他已經離不開中國了。

從出發開始，我便和他同坐一輛吉普，走在車隊的後面。我們輪流駕駛著，累了便停下來休息。我們這個車隊一共有一百多輛車子，由幾個部隊所組成，雖然也有領隊的官長，但是一切都由薩漢民指揮。和我們一起走的，還有一個美軍的衛生組，好像是調查沿路的衛生情形的。

在出國之前，我曾經到過畹町，滇緬公路沿線我都有點熟悉，這對於薩漢民的幫助很大。路上我們無所不談；他說長途行車，談話反而是一件安全的事。

但，車隊剛抵國門，頭痛的事情便發生了；事情是第一天晚上開始蘊釀的，第二天早上出發之前我們才知道。

原來有一部份乘飛機回國的部隊，行前每個人都領到一套羊毛衣褲，而車隊出發時卻沒有領到，因此駕駛兵們聲明非要領到才肯走。

聽到這個消息，薩漢民猶豫了一下，便召集全體人員訓話。他希望大家要遵守紀律，不要因這種小事躭誤原定的日程，至於毛衣褲，他負責到達保山時便發給大家。這些話很難使人信服，連我都覺得，他只是在緩和這件事情而已，事實上是絕對不可能的。所以，那些駕駛兵們仍然僵持著不肯走。

看見大家不相信他的話，他有點生氣了。

「假如你們到了保山還沒有領到的話，」他正色地說：「你們再不走好了！我說的話，我要負責的！」

最後，車隊終於繼續出發了，但是我卻替他擔心。可是他卻若無其事，像是這件事情已經完全解決了似的。

第二天晚上，到達保山，駕駛兵們又開始談論這件事情，正要派代表去問薩漢民時，一輛十輪卡車開來了。五分鐘之後，每個人都領到一套，而且是發給軍官們的比較好的那一種。

事後，我忍不住問他，這些毛衣是從哪兒來的？他笑起來了，他說那個美軍衛生組有一具發報機，他請他們代他向總部請求，這些毛衣是用飛機運來的。這就是美軍辦事的效率。

五天之後，我回到離別了兩年的昆明，在學校裡找到幾個仍然在那裡混日子的同學，和他們玩了兩天，我覺得他們幼稚得可憐，我覺得自己比他們成熟得多了。

但是在那兩天裡，我並沒有回到叔父那兒去，卻帶著五十斤雲南大頭菜飛回緬甸了。

後來在一個晚會上，我又無意間碰見薩漢民，不過，他已經升官了。他熱烈地握著我的手。

「你看，」他用手指指領上的金葉，說：「我升官了，但是沒有發財——你呢？」

「我還是上等兵！」我學他的腔調：「做一天和尚敲一天鐘！」

公路和油管

民國三十四年九月六日，駐印軍三十八師的一個加強連和部份美軍人員，在海拔八千八百尺的高黎貢山中緬國界邊，和滇西國軍，舉行了一次小規模的會師典禮。這次會師的意義，就是表明中印公路上就要打通了。

中印公路從利都起，到雲南昆明止，全長一五六六．五里，它可以說是由三段連結而成的：第一段從利都到密支那，是新築的，也是工程最艱鉅的；它跨越海拔九千公尺的原始莽林，循著步兵在作戰時用手砍開的小道，憑人力（工兵第十團）而建築，後來才由美國的一位陸軍工程專家皮可將軍主持這條路的建築工程，到後來跟經過幾次改道，變成了一條寬闊的甲級公路。

執行這項任務的，是美軍的黑人部隊，著名的「紅球運輸隊」，那是由皮可將軍推行的一種制度：人員輪番休息，工作晝夜不停。

至於中間的那一段，由密支那通到滇緬交界的畹町，原來就有公路，只是把它加寬而已，至於畹町到昆明那一段，就是聞名世界的滇緬公路，它早在抗戰初期，就是大後方物資補給的命脈了。

當密支那攻克之後，由於日軍在國內已經入侵貴州，打到了獨山都勻，情況相當危急，而當時緬甸的戰事因雨季的影響，進展得不夠理想，因此當局曾經計劃開築一條由保山通到密支那的「保密工路」，並且已經打通了，後來因為攻克八莫，戰況急轉直下，才廢而不用。

除了中印公路，還有一件重大的工程在同時進行，那就是世界最長的一條油管。

這條油管從印度加爾各答直通國內，全長一千五百六十英里，比起美國由Houston經德克薩斯，而輸入新澤西工業區的那條原來的「世界最長油管」還要長出二百九十英里，其偉大的程度便可以想見了。

即使是目前這個原子時代，汽油仍然是一種最重要的軍用物資，幾乎一切的動力，都賴以推動的。在緬甸失陷之前，滇緬路上的車輛，百分之八十以上是運輸汽油的，等到滇緬路被英國人因討好日本人而封鎖之後，汽油只好靠美國飛機由「駝峰」這條航線從印度空運到國內了。當時，大後方有過「一滴汽油一滴血」的口號，一點沒有誇大。

在原子彈投下之前，誰也不會想到戰爭會結束得那麼快的，所以中印公路和中印油管的貫通，可以說是當務之急。當時我們出發到一個地方，公路可能在一夜功夫便變了樣，油管在知不覺間便接起來了。但是，這兩件偉大的工程現在剩下些甚麼呢？中印公路可能已遍地蔓草，油管早在多少年前就被東印度一家甚麼公司標購拆掉了，想起當年我們為了它們流過那麼多血汗，反而覺得很可笑。

發洋財

芒友（Mong-YU）大會師，史迪威公路（也就是中印公路）通車，步兵攻下南坎（Namhkam），新維（Hsenwi），直撲臘戍（Lashio）。

而我們出發到老臘戍（臘戍分兩個區域：新臘戍在小山坡上，老臘戍在東北的山腳下）的時候，日軍剛剛撤出新臘戍，砲彈稀疏地落在我們附近。那是民國三十四年三月八日的上午。

這一仗是難以忘懷的：從公的方面說，臘戍的克復，非但保證了中印公路的安全，而且可以乘勝南下曼德里（Mandalay），仰光（Rangoon），控制泰越，使以後英軍能夠迅速而順利地在中緬平原推進，促使中南半島上的日軍總崩潰。

這時候，駐印軍的戰鬥任務，到這個地方可以說是完全終止了，所以這一仗，也就是最後的一役——這一戰線的最後一役。另一戰線是沿鐵路走廊與英軍配合的五十師。

從私的方面說，這時候我和連上的「英雄好漢」們，卻發了一筆小洋財。

「發洋財」這個名詞，是軍隊裡最習用的。比方在加邁的時候，我們把滲了水的竹管酒賣給美國人，就屬於發洋財這一例。

還有，在加邁附近的樹林裡，日軍遺下幾百輛卡車，各式各樣的卡車，美國的、日製的，都漆著日本軍用車輛傳統的草綠色。那些車輛，可能是缺乏汽油，也可能是密支那的後路被截斷之後，他們不得不放棄。那些車輛都遭到破壞，但損壞的程度很輕微。當我們有一天無意間發現了這個「寶藏」之後，我們拖了十多輛回來修理。我選擇了一輛輕便的一噸半的雪佛蘭，因為雪佛蘭的零件有很多和軍用GMC十輪卡是相同的。劉潔和「傻吊」也弄到一輛，所以當我們從加邁出發到八莫的時侯，都變成「有車階級」了。

不過，在臘戌發的洋財，卻略為有些不同，這一次，我們幾乎把命送掉。

當車隊離開新維，向臘戌進發的途中，我們便很清晰地聽見戰線上的槍砲聲，同時，來往奔馳的救護車和路旁的急救站，使我們意識到有點不對，看情形我們已經接近火線了。

接著，日軍那種小口徑野戰速射砲彈在我們的附近落下來。我對這種砲聲非常熟悉。日軍在進攻時或撤退之前，總喜歡這樣亂轟一陣的。

砲聲停止了，我從路邊的掩體裡面跑出來，看見幾個戴著鋼盔的士兵在我們的前面，於是走過去問：

「嗨，同志，這裡離第一線是不是很近？」

「這裡就是第一線啦！」其中一個黑臉的傢伙奇怪地打量著我們：「你們這些車子是不是運彈藥的？」

我瞟了張洪光一眼（每次出發，他都喜歡坐我的車子），說：「不是，我們是搬家到臘戌！」

「搬家？」

「嗯，我們是兵工營的。」

「奇怪！」那傢伙叫起來：「臘戌正在打，你們就搬家到臘戌！」

我們還能說甚麼呢！

新維離臘戍只有三十二英里，公路非常平坦，照我們行車的速度，一個鐘頭就可以到的，但是我們——尤其是帶頭的第一組——卻故意走得慢一點，或者索性就停下來，打開引擎蓋，這樣摸摸，那樣摸摸，假裝拋錨。

依照出發時的習慣，連長和連附的吉普車總是走在最後面壓隊的，為了怕吃灰，他們有時故意讓我們開了半個鐘頭再走。

離臘戍五、六公里的地方，我們都停下來。雖然槍砲聲稀下來了，但是我們可以看見臘戍正在燃燒中。一個沒有戰鬥力的「半後勤」部隊，是沒有理由開上火線上去送死的——除非我們接到作戰的命令。因此，大家都有點心安理得起來。

組長們的想法和我們一樣。

連長的車子未到，前面都有幾輛車子開來了。

我們把車子攔住。「傻吊」搶先問：

「前面怎麼樣啦？」

這時我們才發現那是戰車營的車子，它們是用撲克牌的花代表番號的——一個梅花。

「戰車已經衝進新臘戍，」那個戴著鋼盔的駕駛兵說：「——完事兒啦！」

當時我們並不知道臘戍還有新舊之分，而且也不知道我們的目的地是舊臘戍，當我發現「傻吊」他們向我遞了個眼色時，我馬上會意了。

車隊繼續進發，但是我們已走在前面，越過舊臘戍，一直向在二十分鐘之前仍在發生巷戰的新臘戍市街駛進去……

天！我們竟然忘了我們所開的是發洋財發來的日本軍用車子，結果，總算祖上有德，他們沒有用火箭砲轟我們，只是一陣掃射，我和張洪光便滾——比滾還要快——出車子。

最初，我們以為射擊我們的是日軍，等到那幾個想領英雄勳章的一一二團的步兵端著槍要來「俘虜」我們時，我們才從牆角裡爬出來。

「你們搞甚麼鬼啊！」我抱怨地說。我看見「傻吊」已經從前面向我們走過來了，他一邊走，一邊發狂的笑。

費了一番口舌，他們才相信我們是自己人。不過，我的車子的水箱已經完了。就像幾個小孩子並排站著比賽撒尿。

「我看你們的部隊長大概是個神經吧！」那個因為沒有俘虜到「日本兵」而有點失望的上士班長惡狠狠地說。

「大概有點神經病，」我說：「要不然，我們也不會挨自己人的子彈了！」

那幾個步兵走了。我們幾個人靠在一起，向四周打量了半天，才知道臘戍只是一個空城——日本人逃了，我們的部隊追出去了，而後面的人還沒有來。

「傻吊」又現出他那種古裡古怪的笑意了。

「呃，」他提議道：「我們到那些屋子裡去看看吧！」

我知道他在想些甚麼——發洋財！自從在八莫花了心血提煉的「金」子被證明為銅之後，他有點變了。

「假如還有一兩個日本散兵怎麼辦？」有人說。

「怕甚麼？」他說：「把槍帶著好了！」

於是，我們帶著一種好奇而驚恐的心情走進新臘戍的屋子：食堂，住宅、店鋪……

當我在一家貿易行裡把一隻十六吋的英文打字機搬出來時，我才發覺張洪光已經把車子裝滿了。他搬了一張擦得雪亮的單人彈簧銅床、一張皮沙發、一架電風扇，還有一大堆雜七雜八的東西。「傻吊」他們當然也照辦了。

「你不去搬啦？」看見我坐在踏腳板上不動，張洪光奇怪地問。

「夠了！」我老老實實地說：「東西太多，我不知道應該要甚麼好。」

他忽然走近我，詭譎地低聲說：

「我找到一隻小保險箱！」

「在哪裡？」

「還在那裡，我搬不動！」

「加上我也搬不動呀！」

「加上傻吊他們就差不多了——不過，我們要和他們講條件！我們只肯出搬運費！」

「那他們怎麼會肯！」

「提一成給他們分怎麼樣？」

「那太少了。」

他想了想，但隨即又搖搖頭。

「不行！」他認真地說：「假如裡面有一萬盾盧比的話，我們不是要給他們一千盾了嗎？」當張洪光蹲在地上計算一千盾盧比要值多少錢時，「傻吊」向我們跑過來了。

「嗨！來幫個忙！」他興奮地說。

「幹甚麼？」

「我找到了一個好大好大的保險箱！抬回去咱們大家平分！」

我看見張洪光的臉驟然紅起來了，紅得非常可愛，他靦腆地向我說：「我們去幫他的忙吧，完了再抬我那隻小的，平就平分好了！」

事實上再來十個人，那隻大保險箱也抬不動的，我們試過兩次，「傻吊」便絕望了。搞車工的姚家樹告訴他，像這種保險箱，即使抬回去了，也沒法把它打開的。

「拿手榴彈炸炸看怎麼樣？」

沒有人反對。於是「傻吊」便一顯身手。在太帕卡的時候，我記得我們時常把成箱的手榴彈抬到河邊去炸魚——其實是比賽看誰扔得遠。有一次他一失手，差點把我們的命都玩掉。所以當他跑到車上帶來兩枚手榴彈時，我拖著張洪光躲得遠遠的。

我們看見他把手榴彈扔進去，跑得比一隻兔子還快，可是一秒鐘，兩秒鐘，三秒鐘——一分鐘了，手榴彈還沒有響。最後，我們只好跑過去。

「怎麼搞的？」

「大——大概那枚手——手榴彈受了潮吧！」他吶吶地說。

張洪光尖起嘴笑了。

「我打賭，他沒有拔開拉環！」

「我拔了的！」他分辯道。

「那麼拉環呢？」

他望望自己的左手，「大概我已經扔掉了……」

「啊，扔掉了！」張洪光回轉身來望著我們笑，像是要找和他打賭的人。

但，他忽視了一點，即使是有把握贏，別人也不會跟他打賭；因為絕對不會有人敢過去看看那枚手榴彈是否已經拔掉拉環，即使那並不是一隻「定時」手榴彈！

情勢轉變，但張洪光卻不能取消自己的諾言，當我們把他找到的那隻小保險箱從一家小商店抬上車時，何萍駕著一輛小吉普來了。同來的還有我們的組長。

等到救濟車把我們拖回舊臘戍，已經是黃昏了。

當然，我們這六個「亡命之徒」被連長痛斥一頓，但並沒有沒收我們發的洋財。

後來，我的打字機借給博幹男打報告，由於他太需要它，我索性送了給他。至於張洪光的那隻保險箱，燒電焊的老沈幫了一個大忙，把開關用氧氣吹掉，可是，裡面除了一些緬文的信件，甚麼也沒有。

張洪光的失望是可以想見的，他說：「假如它裡面有一盾盧比，我也不會那麼難過！」

「那總比被傻吊的那隻手榴彈炸死好多了！」

那張銅床，不用說，是最引人注目的。我們到印度之後，在蘭姆加睡的是木板，到利都之後，睡過一個時期的竹床（張洪光教我們做的），後來，才弄到行軍床睡，所以對於這張柔軟的銅床，實在使得大家羨慕不置。

不過，世界上的事情往往是出人意料的，第二天，張洪光竟然非常豪爽地把它送給我了。因為他是「生成的苦命人」，睡不習慣，失眠了一整夜。

紅寶石

加邁附近的龍京，是世界最有名的紅寶石礦場，只不過寶石市場在孟拱，因此大家就知道孟拱這個名字而已。

住在加邁的時侯，瑪芝曾經告訴過我，他們這個村子，就是戰爭之前那些開採寶石的人所聚居的地方。因此我從她那兒知道一點關於寶石場的事情。

她說，那個地方，無論甚麼人，每個月只要向場主繳付五百盾盧，便可以進去自由開採，開採到的寶石，必須全部依照一個規定的價格賣回給場主。雖然這樣，工人仍然可以從那兒發點財的；因為儘管那個入口處檢查得多麼嚴，據說仍然有不少寶石被工人用種種方法帶出來。可是，在加邁的時候，我們連半顆都沒有見到過。

有一天，工務組那個嘴上老是帶著笑的老顧忽然問我：「你要買寶石嗎？」

「寶石？」我反問。

「緬甸紅寶石。」他說：「他們不一定要錢，甚麼東西都要，美軍毛毯、衣服、鞋子——你的那輛車子也可以！」

我馬上就明白他所指的就是我的那輛卡車。

當我們在臘戌住下來之後，老百姓都回來了，其他的部隊也陸陸續續地分批回國了。我們這些有「私人車子」的，便開始為車子擔心了。因為有些人說，凡是戰利品，無論如何在進入國境之前便會被截留的。所以我只想了想，便跟著他去。

憑良心說，對寶石我完全外行，而且根本不清楚寶石的價值。不過，當我隨老顧到小街附近的一家小飲食店去，見到那個三十多歲的緬甸人之後，我放心了。

他不像一個會欺騙人的人。

「用甚麼東西換？」他用中國話問老顧。

「卡車！」老顧說。

「軍用卡車？」

「不是，是一九三九年的雪佛蘭，」我回答：「一噸半的！」

「不會有甚麼麻煩吧？」他小心地說。

「這是我們發洋財來的車子，是我們自己的。」

「那很好。」

「你要不要去看看他的車子？」老顧接著他的話問。

「不用了，」他說：「我想不會錯的——你想要多少？」

我困惑地望望老顧，無從作答。

「你不是要換寶石嗎？」老顧提醒我。

「哦……」我坦白地說：「但是我不知道怎麼換法。」

那個緬甸人笑了，他從衣服裡面摸出一隻小口袋，把一兩百粒大大小小的紅寶石倒在一隻白磁盤上。然後撿起其中一顆黃豆那麼大的，遞給我。

「像這麼大的一顆，」他說：「以前的價錢是五十盾！」

我把寶石接過來，看不出它和那些紅玻璃有甚麼分別。他大概明白我的心意，於是把一面小鏡子拿出來，向我說。

「請你把它放在鏡子上！」

我只好照著他的吩咐做，他不響，隨即把鏡子翻過來，然後舉起來讓我看。原來那顆寶石竟然黏在鏡子上，並没有掉下來。

「哦……」我驚異地低喊起來。

老顧大概已經看他表演過了，只對著我笑笑。

「這就是鑑別寶石真假的方法，」那緬甸人把鏡子轉過來，繼續說：「假如吸不住，那絕對不會是真的寶石，另外一種方法是用水點在它的尖端，如果結成一顆水珠，那就是真的。」

然後，我們開始和他討價還價，他從一百顆出到一百二十顆。談妥之後，他還慎重其事地放在一具小得不能再小的天秤上稱過，而且一顆一顆地試給我看。然後，他把那些寶石裝在一隻小布袋裡。

「我們去看看你的車子吧。」他老練地說。

結果，我把車子開到公路上來——其實我們的車子就停在公路附近的一塊草場上——讓他把車子開走，我們這筆生意就這樣成交了。為了酬謝老顧，我送了十顆紅寶石給他。

這天晚上，在帳篷裡，我懷著一種微微有點激動的心情，把一顆比較大的寶石拿出來，先讓大家看，然後把它放在一面鏡子上。

「戲法人人會變，各有巧妙不同——你們注意看，」我神秘地說：「一、二、三——」

鏡子一翻，那顆紅寶石跌落在地上。

他們有點莫明其妙。我比他們更莫明其妙。

老顧就在這個時候衝進帳篷裡來了，他的臉色慘白。

「我們給他騙了！」他大聲說，同時把那十顆寶石攤在手上讓我看，「這些都不是寶石！是玻璃！」

我敢說，除了我和他，絕對不會有第三個人知道我們在搞些甚麼，以後也不會有了。當我和老顧趕到那個地方，據小食店的老闆說，那個人已經回瓦城去了。

「他是不是開著車子？」我用緬甸話問。

「他本來就是開車子的呀！」

第二天，我向連長報告，我的車子失蹤了。他沒有表示意見，「狗熊」連附卻用他那種廣東國語說：

「沒有福氣！」

但，半個月之後，那些「有福氣」的傢伙都和我一樣沒福氣了。為了那次我撒的謊，營長命令我們把所有「發洋財」的車子，統統繳到密支那營部去。以後，這批車子的命運，只有天知道了！

死亡的約會

我當然沒有死過，但我這一生中，卻赴過很多次死亡的約會——所不同的，這一次動人而出色！

我的左手是「斷掌」，上面還有幾條橫紋，一位業餘手相家說，那些橫紋叫做「保險紋」，意思是不管遇到甚麼危險，絕對逢兇化吉。不過那是後事，在這一次事件發生之前，我是反宿命論的，我覺得有這種思想的人，頭腦都陳腐得可笑。我總覺得命運這個東西（其實不可以這樣稱呼的），完全是由自己的意志造成的。

總之，愈接近死亡，我愈覺得它並不可怕，它往往像一個滑稽的小丑，使你莫可奈何，哭笑不得。在密支那，與我同機降落的有八個輕兵器修理組的士兵。由一個江西班長帶著。起初我們住在一起，後來為了工作，他們搬到三十師師部右邊的空地去。我時常去找他們玩。他們的工場是一個草綠色的美式帳篷，並不大，當中放著一張長長的工作檯，他們八個人便分為兩邊，站在老虎鉗前面工作。每天早上，大卡車把那些損壞和生鏽的槍枝（太多是陣亡的士兵遺下的）送來給他們修理，他們就像搬運柴草一樣，一把一把地將那些槍從車上丟下來。有一天，轟隆一聲，其中一個倒下了，子彈從他的眉心射進去，他連氣都沒有嘆一口，便死去了。射死他的，是其中一支步槍，可能那支步槍原來的持有者是把子彈上了膛，才陣亡的，而它的扳機正好被碰著。這件事過了不久，又發生了另一件更悲慘的事：一個姓周的上等兵，那天在修理一支衝鋒槍，為了要試驗「抓子鈎」是否靈活，他裝上一隻三十發子彈的長彈夾，結果機拴一拉，桌子對面的四個人便應聲倒下了。那江西班長和那個矮個兒下士當場死去，另外兩個腹部受了重傷，這個傢伙一時昏亂，便舉槍自殺了。後來，另外那兩個幸運者之一——那個叫做張士必的長沙小伙子，卻在密支那克復後被黑人駕駛的十輪卡車撞死了。

這只是其中比較殘酷的例子。

至於我，十歲的時候，曾經把一隻電筒上的小燈泡用鐵絲插進電燈插頭上去試驗是否會亮，而當時越南的電壓是足以致人於死的，那次救了我的，是一支乾燥的筷子，我把燈泡和自製的插頭縛在筷子上，後果可想而知，我被擊倒在地上。第二次，我在海港碼頭學游泳，結果被衝出港心，那黃濁而閃光的海水，奇怪的響聲，直到現在我仍記憶得很清楚，後來一個越南學生把我救起來了，我緊抱著他，幾乎連他都喪了命。第三次，車子翻觔斗。第四次是在密支那挨了一發砲彈，只隔我十碼遠。而這一次，應該算是最驚險的一次了——飛機失事！

在部隊回國之前，我們奉命到利都去接一批新車子。那時緬甸的雨季又到了，幾乎天天下雨。我們在臘戍的機場等了足足三天，才設法弄上一架沒有艙門的C-46空投飛機。

包括連絡員在內，我們一共二十三個人。一上飛機，我就有一個感覺——總覺得它不大安全。它的座椅全部拆掉了，我們只好把行李擺在當中，分左右兩邊坐在地上。

最引人注意的，是角落上堆著五副降落傘。我搭過將近十次的飛機，只有和薩漢民從昆明回緬甸的一次是有這種配備的，所以不背降落傘也有點習以為常了。但，飛機起飛不久，前艙的服務員出來了，他悶聲不響地拖了三副降落傘進去。當然，這也許是他們的習慣，可是在我們的心理上，卻起了一種變化，但誰也沒有勇氣說出口來。

天氣顯然越來越壞，飛機顛簸得非常厲害。而且，因為沒有機門，引擎的聲音震耳欲聲。

不論路程遠近，一上飛機，我便有想睡覺的習慣，記得從國內到印度時，我差點錯過了看駝峰的機會。所以我很快地便躺在地上了；我把頭枕在一件小行李上，頭朝機頭，腳向機尾，左邊是劉潔和「傻吊」，右邊是一堆行李，這種睡法使我有一種安全的感覺，於是我很快便睡著了。

不知道睡了多久，我似乎醒了過來，朦朧中我覺得有人把我向後推——連同我枕著的行李，一起向機尾滑過去，我下意識地伸手到頭頂去阻止那個騷擾我的人，但，我卻站起來……我清清楚楚地記得，我的確是睡著的，但我卻站起來，當我意識到那是因為機頭突然拉起來的時候，我，以及所有的人和行李，一起離開了地面，在那幾秒鐘內，我們有失去重量的感覺，就如同生活在沒有地心吸力的太空一樣。於是，我們都滑稽地貼著機頂——飛機繼續向下跌，而且兩邊搖晃，最後（那一段時間可能很短，但卻長得使我看清楚並且記憶住每一個細節），飛機驟然被空氣托住了，我們就像一大桶從三層樓傾倒下來的垃圾一樣，又跌落在地上。

當時，可能有人叫嚷過，我記不清了，我只覺得我們被堆塞在一起，滾跌，晃蕩，那空洞的機門在搖擺，我似乎曾經覺得一個黑色的東西被拉出機門去……

突然，一切都靜止下來！沒有聲音，眼前的影像就像是一張照片，被凝固了的——彷彿那些攝影記者在紛亂中搶到的尷尬鏡頭。然後，聲音逐漸滲進來了，我聽見自己的脈搏跳動的聲音像一隻大鼓，但隨即便消失在那單調而沉重的機聲裡了。

有人開始從雜亂的行李下面爬起來了，死一樣的臉色，耳朵在滴血——也許是鮮紅的血使我醒覺過來。就在這個時侯，劉潔跳起來，跑過去搶降落傘，但，大家都望著他，他回轉身，愣著，然後緩緩地垂下手，突然倒在地上哭泣起來。

沒有人去安慰他，而且沒有人出過聲。駕駛艙的門開了，那位高大的副駕駛走出來。

「有人受傷嗎？」他用英語說。

沒有人回答，連我們那位連絡官都沒有說話。

他舐舐嘴唇，然後說：

「這裡是于邦的上空，我們要在新平洋降落！」

他進去之後，我們才「活」過來。起先每個人都在說話，但，接著便有人提出，他說他看見一個人跌出去了。

至少有五個人證實這件事，於是我們開始清點人數。可是越算越亂，無論如何也差一個人。

我突然記起小時聽到過「忘記數自己」的那個笑話，但目前並不是笑話，連我也無法點清楚機內的人數，當然更無從指出是誰跌出去了。

我發覺何萍已經坐在我的身邊（傻吊反而坐到對面去了），他在微笑。

「你剛才在想甚麼？」他平靜地問。

「我來不及想。」我說。

「至少你曾經想過一樣東西？」

我想了想，說：

「我想聽鐘聲——你呢？」

他有點不好意思地說：「我想起我忘記把記念冊帶在身上了！」

多沒意思的想法，我們笑起來。

機門外的天色逐漸晴朗了，飛機偶爾穿出雲層讓我們看見下面油綠的樹林，但隨即又被厚厚的雲塊遮住。

一刻鐘之後，我們看見了新平洋的機場，陽光照在狹長的跑道上，閃閃發光。

但飛機在五、六百尺的高空，一圈一圈地繞著機場飛，並不降落。最初，我們以為這可能是在讓別的飛機先降落，或者在清理跑道——跑道兩旁，有些車子在跑，但是跑道上甚麼都沒有，而我們的飛機仍然在繞圈子……

我們的頭幾乎被繞昏了，報務員才跑出來。

他用一種抑制的顫聲向我們報告。

「我們馬上就要迫降了，」他說：「因為左輪放不下來，所以，請你們盡量抓緊機身，隨便甚麼，而且，最好能夠坐在行李上！」

一陣極度的恐怖向我們掠過來——接著，我們連害怕的時間也沒有了，飛機拉平了，引擎也停止了，它正向跑道滑下去……

我發覺小窗外有幾輛救火車和救護車跟著飛機跑，但很快的便落在後面，然後，一陣劇烈的疼痛從緊握著機身架骨的雙手透過全身，機身擦在地面上了，發出一種尖銳而令人戰慄的撕裂聲，左邊的引擎的螺旋漿噴著美麗的火花，扭曲了，機翼捲到後面去，機尾向右邊掃了一個圈，右翼豎了起來，停住了，機艙內塞滿了黃色的煙塵……

當我們要衝出去之前，機門（幾乎已經貼在地面上了）外擁進來好多人，我們被他們拖出去，按在擔架上，然後塞進救護車……

在整個過程中，我的記憶是不連貫的，其中有一部份時間我完全失去了。我們在七十三野戰醫院經過詳細的檢查，最後，有七個人留在醫院裡——劉潔是其中之一。

離開醫院之前，那三位飛行員來了，他和我們熱烈地握手，要我們簽名在他們的帽子上，然後和我們在那架已經衝出跑道損毀的飛機前面拍了幾張照片。

當天晚上，我們要求連絡官替我們找車子到利都。可是，沒有結果，第二天我們仍然是決定坐飛機去。

但，在上機之前，又少了兩個人——他們寧可裝病，留在新平洋。

後來，我也曾經遭遇過好幾次危險的事，但我當時鎮定的程度，事後連自己都感到驚異。我想：也許是和死亡約會的次數多了，一切都得沒有以前那麼認真了！

凱旋歸國

民國三十四年五月中旬，我們的部隊奉命回國。

在動身之前，部隊循例論功行賞一番，「傻吊」等十餘人升為准、少尉技術員和副組長，我和劉潔也加了一級，變成了兩條槓一顆星的下士。

「這一下，上等兵你當不成了！」劉潔向我說。他還記得我剛進兵工營時所說的話。

「假如我願意，還是有辦法的。」我半真半假地說。

「你又想怎麼樣？」

「去打狗熊一個耳光！」

「那麼你的屁股準開花！而且，可能連上等兵都沒得當了！」

「所以我寧可當下士，」我說：「至少我仍然是一個『上等』的下士！」

就這樣，我結束了我的上等兵生活，隨著部隊凱旋回國。當民國三十六年十月在上海退伍時，已官拜中尉——後方勤務總司令部第一汽車機件修造廠運輸隊中尉分隊長。可是，我始終懷念當上等兵的一段美麗、荒唐、真純而狂熱的日子！

潘壘全集15　PG1240

新銳文創
INDEPENDENT & UNIQUE

上等兵

作　　者	潘　壘
責任編輯	陳思佑
圖文排版	周妤靜
封面設計	王嵩賀

出版策劃	新銳文創
發 行 人	宋政坤
法律顧問	毛國樑　律師
製作發行	秀威資訊科技股份有限公司 114 台北市內湖區瑞光路76巷65號1樓 電話：+886-2-2796-3638　傳真：+886-2-2796-1377 服務信箱：service@showwe.com.tw http://www.showwe.com.tw
郵政劃撥	19563868　戶名：秀威資訊科技股份有限公司
展售門市	國家書店【松江門市】 104 台北市中山區松江路209號1樓 電話：+886-2-2518-0207　傳真：+886-2-2518-0778
網路訂購	秀威網路書店：http://www.bodbooks.com.tw 國家網路書店：http://www.govbooks.com.tw

出版日期	2015年2月　BOD一版
定　　價	330元

Printed in Taiwan

國家圖書館出版品預行編目

上等兵 / 潘壘著. -- 一版. -- 臺北市 : 新銳文
創, 2015.02
面； 公分. -- (潘壘全集 ; 15)
BOD版
ISBN 978-986-5716-48-6 (平裝)

857.85 104000367

讀者回函卡

感謝您購買本書，為提升服務品質，請填妥以下資料，將讀者回函卡直接寄回或傳真本公司，收到您的寶貴意見後，我們會收藏記錄及檢討，謝謝！如您需要了解本公司最新出版書目、購書優惠或企劃活動，歡迎您上網查詢或下載相關資料：http:// www.showwe.com.tw

您購買的書名：________________________________

出生日期：________年________月________日

學歷：□高中（含）以下　□大專　□研究所（含）以上

職業：□製造業　□金融業　□資訊業　□軍警　□傳播業　□自由業

□服務業　□公務員　□教職　□學生　□家管　□其它_____

購書地點：□網路書店　□實體書店　□書展　□郵購　□贈閱　□其他

您從何得知本書的消息？

□網路書店　□實體書店　□網路搜尋　□電子報　□書訊　□雜誌

□傳播媒體　□親友推薦　□網站推薦　□部落格　□其他__________

您對本書的評價：（請填代號　1.非常滿意　2.滿意　3.尚可　4.再改進）

封面設計____　版面編排____　內容____　文／譯筆____　價格____

讀完書後您覺得：

□很有收穫　□有收穫　□收穫不多　□沒收穫

對我們的建議：________________________________

____

____

____

請貼
郵票

11466
台北市內湖區瑞光路 76 巷 65 號 1 樓
秀威資訊科技股份有限公司 收
BOD 數位出版事業部

....

（請沿線對折寄回，謝謝！）

姓　　名：＿＿＿＿＿＿＿＿　年齡：＿＿＿＿　性別：□女　□男

郵遞區號：□□□□□

地　　址：＿＿＿＿＿＿＿＿＿＿＿＿＿＿＿＿

聯絡電話：（日）＿＿＿＿＿＿＿＿（夜）＿＿＿＿＿＿＿＿

E-mail：＿＿＿＿＿＿＿＿＿＿＿＿＿＿＿＿